闲时无声听落花

那些词里未说尽的人生

梁知夏君 / 著

周睿 / 绘

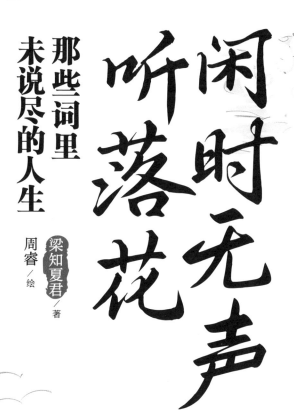

U0299373

清華大学 出版社

北京

内容简介

本书以史书史料、轶事典故、诗词歌赋等为背景，解读了宋朝众多著名词人的悲喜人生。读者不仅可以了解一首首名篇背后有着怎样的故事，更可以通过这些词人的悲欢离合看历史、观自己、见众生。

本书文笔优美、见解深刻，读者群广泛，适合各年龄段对诗词与历史感兴趣的读者，特别是年轻读者。

图书在版编目 (CIP) 数据

闲时无声听落花：那些词里未说尽的人生 / 梁知夏君著；周睿绘 . -- 北京：清华大学出版社，2024.9.
ISBN 978-7-302-66971-5

Ⅰ . I207.23

中国国家版本馆 CIP 数据核字第 2024F2W069 号

责任编辑：陈立静　张文青
装帧设计：杨玉兰
责任校对：李玉萍
责任印制：杨　艳

出版发行：清华大学出版社
　　　　　网　　址：https://www.tup.com.cn，https://www.wqxuetang.com
　　　　　地　　址：北京清华大学学研大厦 A 座　　邮　　编：100084
　　　　　社总机：010-83470000　　　　　邮　　购：010-62786544
　　　　　投稿与读者服务：010-62776969，c-service@tup.tsinghua.edu.cn
　　　　　质量反馈：010-62772015，zhiliang@tup.tsinghua.edu.cn
印 装 者：三河市春园印刷有限公司
经　　销：全国新华书店
开　　本：148mm×210mm　　印　张：7　　字　数：162 千字
　　　　　附赠小册子
版　　次：2024 年 9 月第 1 版　　印　次：2024 年 9 月第 1 次印刷
定　　价：49.80 元

产品编号：080679-01

范仲淹

欧阳修

王安石

苏轼

柳永

黄庭坚

李清照

陆游

朱淑贞

辛弃疾

宋真宗大中祥符年间，在杭州（今浙江省杭州市）西湖畔的烟雨深处，一位名为林逋的白衣文士得到了皇帝的垂青，获得了"朝为田舍郎，暮登天子堂"的大机缘。然而穷困潦倒的林逋婉拒了皇命，他看淡了世俗的荣华富贵，在西湖畔结庐而居，以满庭梅花为妻，以翩跹仙鹤为子，自甘清贫地过完了他的一生。

两宋三百年，因为诗词而名声千载不绝的白衣文士并不多，写下"疏影横斜水清浅，暗香浮动月黄昏"的林逋是一个，"凡有井水处，皆能歌柳词"的柳永也是其中之一。

作为宋词婉约派的扛鼎之人，柳永刚出道便以一句"烟柳画桥，峰峦翠幕，参差十万人家"，向大宋词坛宣告了自己的闪亮登场。从此，"柳三变"之名传遍大街小巷。

越是市井繁华处，柳词越被世人所熟知。即便是庙堂上那些道貌岸然的达官显贵，也一边鄙薄柳词的香艳，一边陶醉于柳词营造出的温柔乡里。

说柳永是北宋的"国民级词作家"一点儿也不过分，但似乎是历史担心柳永寂寞，很快，另一位"国民级词作家"横空出世了！

就在柳词风靡勾栏瓦舍的时候，一个名为苏轼的天才少年在父亲苏洵的带领下，和幼弟苏辙一起从偏远的蜀地出发，赴京应考。

苏轼实在是太强了，强到主考官欧阳修读了苏轼的答卷便爱不释手，还以为这是自己的学生曾巩的答卷。为了避嫌，欧阳修将本来可以高中状元的苏轼名次挪到了后面，但这样的小插曲并不影响苏轼日后在文坛所取得的成就。

和弟弟苏辙最终官至门下侍郎相比，苏轼的仕途起点很高，但一生仕途多舛。从名动帝国的天子门生，到被贬至天涯海角的漂泊谪宦，一路颠沛流离的苏轼将所有的苦难与折磨化作一首首伟大的词作，为今天的我们贡献了诸多需要"理解并背诵全文"的佳作。

苏轼为第一任妻子所写的悼亡词《江城子·乙卯正月二十日夜记梦》，起首那句"十年生死两茫茫，不思量，自难忘"，道尽了生离死别。同样在宋代，有一人的悼亡词被不少人推崇为可与苏轼的《江城子》相媲美，那便是贺铸的《鹧鸪天·重过阊门万事非》。

如今许多人知道贺铸，是因为他那首《青玉案·凌波不过横塘路》中的"一川烟草，满城风絮，梅子黄时雨"知名度很高，但很少有人知道的是，贺铸出身北宋皇室的远亲家族，虽然笔下的诗词意境高旷、语言浓丽哀婉，但他本人却因长得丑而喜提"贺鬼头"的诨号。

除了美食博主苏轼、白衣卿相柳永、"贺鬼头"贺铸之外，这本《闲时无声听落花：那些词里未说尽的人生》还提到不少大家耳熟能详或稍感陌生的词人。

比如写下"红杏枝头春意闹"的宋祁，这可是一位因"长幼有序"的迂腐礼教而被亲哥"抢"走状元桂冠的"倒霉蛋"。

再比如写下"叶上初阳干宿雨，水面清圆，一一风荷举"的周邦彦，因年轻时写了一篇《汴都赋》，便得到了三代君王的眷顾。

又如既能写出"七八个星天外，两三点雨山前"这样的田舍静谧，又能写出"醉里挑灯看剑，梦回吹角连营"这样的金戈铁马，兼具文韬武略，敢单枪匹马闯敌阵、活捉叛贼的辛弃疾……

书中的人物虽然和我们隔着千载光阴，但诗词的力量让千载后的我们得以与这些伟大灵魂相逢。借着这些或恣意纵横、或婉转缠绵、或金戈铁马、或壮志难酬的诗词，我们与这些伟大的灵魂共情，然后完成自我救赎。

而这，就是诗词的魅力，也是我写本书的初衷。

梁知夏君

3

目录

冯延巳

被史书唾弃的小人

被帝王偏爱的宠臣

开启北宋一代词风

宋太祖建隆元年（960年）五月，偏安江南一隅的南唐小朝廷送别了两朝元老冯延巳。对于冯延巳的死，满朝文武百感交集。

虽然在历史上声名狼藉，史书记载他所办的事儿也是满眼荒唐，但毕竟曾三度拜相，所以即便临终时只剩下虚职，冯延巳仍然给南唐政坛带来了震动。

喜欢冯延巳的人，说他文采超凡出尘，为人宽容谦和，是无论政局如何变化都始终屹立不倒的常青树；讨厌冯延巳的人，则说他以文媚主，结党营私，作为"南唐五害"之一，死有余辜。

而千年后的我们提起冯延巳，除了那句"风乍起，吹皱一池春水"外，对于这位毁誉参半的文臣，我们还了解多少呢？

说到南唐，绝大多数人只会想到那位写出《虞美人·春花秋月何时了》这首旷古名词的后主李煜，甚少有人会关注南唐的前两位皇帝——烈祖李昪和中主李璟。冯延巳所活跃的年代，正是这两位南唐皇帝在位期间。

五代十国战乱频繁，皇帝走马灯似的换，"朱李石刘郭，梁唐晋汉周。都来十五帝，拨乱五十秋"，攻伐战争从未停止过，无数百姓为躲避战乱而背井离乡，这其中就有冯延巳的祖父。

到了冯延巳的父亲这里，他投奔了当时的南吴权臣、后来的南唐开国皇帝——烈祖李昪，并一路摸爬滚打，做到了南唐的吏部尚书。作为官二代的冯延巳得以在南唐朝廷站稳脚跟，并开始崭露头角。

父亲是六部之首的吏部尚书，自己又是远近闻名的才俊，初入仕途的冯延巳混得顺风顺水，李昪还命他与当时还是太子的李璟交游。

年少时的友谊总显得弥足珍贵，即便多年以后政局动荡、党争不断，贵为国主[①]的李璟也从未怀疑过冯延巳。

在陆游等人撰写的《南唐书》中有这样两句话：

"给事中常梦锡屡言延巳小人，不可使在王左右，烈祖感其言，将斥之，会晏驾。"

"元宗亦颇悟其非端士，而不能去。"

前者说的是给事中常梦锡屡屡进言说，冯延巳是小人，不可以陪伴于储君左右，李昪深感其言，正要贬谪他，偏偏在这时晏驾了。

后者说的是中主李璟也觉得冯延巳不是正人君子，却离不开他。

其实这样的记载很值得商榷：在君权至高无上的古代，被两代君

---

① 958年，兵败于后周，被迫割让江北十四州之地，遂去帝号，称国主。

王厌恶却又能三度拜相，最后还能平安终老，这于理是解释不通的。事实上，李璟即位后，冯延巳开始在南唐朝廷大放异彩，并正式开始了自己的宦海浮沉。

得到君王无条件的信任，无论在哪个朝代，都是"名臣养成计划"的第一步。作为李璟的发小，冯延巳当然想为李璟开疆拓土，所以在李璟登基后的第三年（945年），已经被火箭式提拔为正三品中书侍郎的冯延巳开始谋划自己的政治宏图。

南唐保大三年（945年）是一个很不错的时间点，因为南唐的邻居闽国（"十国"之一）发生内乱，冯延巳看到了领土扩张的机会，于是说服了犹豫不决的李璟，出兵闽国，兵锋所指，连克数城，最终将闽国的土地尽收囊中。

作为灭亡闽国的战略制定者，冯延巳的威望一时间到达顶峰，被晋封为同平章事的他成了南唐的二号人物。我想在他拜相的那一天，他一定不会想到，吞并闽国的功勋，会成为日后政敌诘难他的理由。

保大五年（947年），闽国的势力死灰复燃，南唐派出的平叛诸将在前线为了争功而各自为军，最终错失战机，大好战局付诸流水，南唐军队全线溃败。

南唐平叛失败后，闽国残余势力虽然宣称仍然臣服南唐，但实际已经独立，闽国旧地成了南唐的鸡肋，而损兵折将的锅也被甩到当初力主伐闽的冯延巳头上。

那几年，冯延巳正处于人生的低谷，为救二弟引咎辞职后又经历了继母辞世的打击，丁忧之中的他选择用三年的沉默来面对流言蜚语，直到四年后的保大九年（951年）才复出。

冯延巳的后台是李璟，即便三年未见，这位发小皇帝也对他荣宠不减。冯延巳"复出即巅峰"，被封为冠军大将军、太弟太保。

此时，冯延巳再一次站在了南唐国运和个人命运的岔路口——要不要出兵攻打南楚（"十国"之一）？

对于此时的冯延巳而言，已经位极人臣的他完全可以蝇营狗苟、尸位素餐，毕竟四年前背锅的教训犹在眼前。倘若冯延巳真是一个毫无家国情怀的伪君子，又何必强推灭楚战略呢？这一次，冯延巳又作出了有悖于"奸臣准则"的决定——出兵灭楚。

和灭闽一样，消灭南楚的战略推行得很顺利，中主李璟也因此获得了"在位期间南唐疆域达到最大"的历史成就。但和灭闽的结局一样，南楚灭而复叛，南唐平叛失败，以至元气大伤、徒劳无功。冯延巳为此自请罢相，但在保大十一年（953年）三月，冯延巳第三次拜相。

从后人的角度来看，无论是灭闽还是灭楚，作为战略指导者的冯延巳一定是有责任的，但所有的黑锅都让他背的话，那冯延巳也实在是太冤了。

两度平叛失败严重消耗了南唐的国力，而此时，雄才大略的后周世宗柴荣登上了历史舞台。

柴荣是被史书称为"神武雄略，一代英主"的五代十国第一战神，连所向披靡的契丹人都被他打得节节败退，如果不是英年早逝，只怕赵匡胤就没有"陈桥兵变、黄袍加身"的机会了。

这样一个狠人，先后三次出兵攻打南唐，打得李璟连帝号都放弃了，除了割让江北十四州外，还得称臣纳贡。从此以后，南唐彻底失去了逐鹿中原的实力，只能偏安江南、苟延残喘。

后周罢兵之后，冯延巳黯然下台，虽然仍被李璟授予太子太傅的虚职，但他的仕途已经走到了尽头。这一年是南唐中兴元年（958年），南唐并没有等来它的中兴，只等来了割地称臣。

于仕途，冯延巳虽位极人臣，却因种种原因，非但未能成为中兴名臣，还因两次平叛失利而为人所诟病；于文坛，冯延巳大放异彩，他笔下的词婉转朦胧，虽仍囿于花间词，辗转于男欢女爱之中，却也突破了情爱束缚，多了一份对世事无常的叩问和感伤。

如冯延巳在《采桑子·画堂昨夜愁无睡》中的那句"年光往事如流水，休说情迷"，多年以后，后主李煜用一句"世事漫随流水，算来一梦浮生"，与早已作古的冯延巳超越时空、对饮成醉。

读冯延巳的词作，心头就像笼了一层轻纱，内心深处的闲愁被缓缓勾出，等我们反应过来时，已经置身在他笔下的江南烟雨中了。

冯延巳的名气远低于李后主、苏轼等词宗，但后世众多评论家却给予他极高的评价：国学大师王国维在《人间词话》中，将冯延巳尊为"开北宋一代词风"的巨擘；清代文学家刘熙载也在《艺概》中盛赞道："冯延巳词，晏同叔得其俊，欧阳永叔得其深。"

刘熙载的话分量很重，因为他将冯延巳视为"北宋倚声家之初祖"的晏殊和"在宋代文学史上最早开创一代文风的文坛领袖"欧阳修的结合体。

第三次被罢相后，冯延巳一直郁郁寡欢。建隆元年五月的一天，他的灵魂飘出肉体，在江南烟雨中越走越远。即便历史给冯延巳一个机会去申辩，我想他也会在踌躇良久后选择沉默，因为无论初心如何，他一力主推的两大国战都狼狈收场。

国有殇、民有怨、君权至上，骂名便只能由冯延巳担下。

在冯延巳病故一年后，中主李璟也走到了生命的终点。不知在回光返照时，他是否会想起多年前的那段君臣对话。

那时的他们意气风发。

李璟调侃道："'风乍起，吹皱一池春水'，何干卿事？"

才思敏捷的冯延巳笑着对亦君亦友的李璟说："安得如陛下'细雨梦回鸡塞远，小楼吹彻玉笙寒'。"

言毕，君臣大笑，对饮畅聊。

那些曾经的美好对于建隆元年的南唐来说，已是往事如烟……

李煜

一流词人，三流皇帝
他是躲在《韩熙载夜宴图》背后的男人

宋太祖开宝元年（968年）的一个夜晚，浸透了江南繁华的金陵城（今江苏省南京市）沉沉睡去，唯有重臣韩熙载的府邸上还不断传出靡靡之音。

堂上是高朋满座，堂下是如花美眷。这是寻常官宦人家无力支撑的奢靡，但对于深受皇恩又有天价润笔费的韩熙载来说，这只不过是一次寻常夜宴而已。在所有人纵情狂欢时，有两个人[①]正在用他们的双眼细致观察着所看到的一切。

夜尽天明，宾客散去。画待诏（宫廷画家中的高级职位）顾闳中回到家中，将自己的所见一一描摹下来。翌日，他将画作呈送南唐后主李煜。

当李煜看到韩熙载沉溺享乐后，对他的猜忌便烟消云散。千载光阴流转而过，当初的画中人早已湮没于历史的烟尘中，唯有《韩熙载夜宴图》作为千年前的见证，逃过了时间的磨蚀。虽然原作已遗失，但好在摹本仍能延续它的艺术生命。

千年前的君臣猜忌，成就了一幅传世名画。只是当曾经猜忌臣子的君王沦为被猜忌的臣子时，后主李煜是否会想起当初被自己猜

① 一种说法是只派了顾闳中，另一种说法是派了顾闳中和周文矩。顾闳中的《韩熙载夜宴图》现存宋摹本，现藏于北京故宫博物院，周文矩的《韩熙载夜宴图》已经失传。

忌的韩熙载呢？除了"词人皇帝"和"亡国之君"这两个头衔外，关于李煜，还有哪些值得一说的故事呢？

清代学者郭麐对李煜有过这样的评价："作个才子真绝代，可怜薄命作君王。"诚如郭麐所言，李煜多才多艺，文学造诣尤高，史书用"善属文、工书画、知音律"这九个字为我们勾勒出了这位才华横溢的末代国主的形象。

虽然是亡国之君，但李煜总令人掬一把同情泪。他并非昏君，更非暴君。后人在复盘李煜的人生时，都会将造成他人生悲剧的原因归结为"继承皇位"这件事上。更有人说，如果李煜能有幸做一个富贵王爷，也许他会成为词、书、画全面开花的大艺术家，而无须承担在南唐灭国后被囚于深深庭院里、遥望故国黯自神伤的命运。

李煜出生于南唐升元元年（937年）七夕之日，史载他"丰额骈齿、一目重瞳"。到李煜成长为俊朗青年时，南唐已然是风雨飘摇，任谁当国主都难有回天之力。

李煜的即位非他所愿，这位醉心于文学、艺术和佛学的年轻人不仅从未对皇位有过一丝渴望，还极力试图远离政治纷扰与皇位争夺。但随着骁勇善战的太子哥哥李弘冀的暴毙，诸皇子中最不想做皇帝、也最不适合做皇帝的李煜被推到了历史的暴风口前。

立李煜为太子时，南唐翰林学士钟谟进言道："从嘉（李煜初名李从嘉）德轻志懦，又酷信释氏，非人主才。从善（李璟第七子）果敢凝重，宜为嗣。"这番话惹怒了南唐中主李璟，钟谟被贬官流放，从此朝中无人敢言此事。

宋太祖建隆二年（961年），南唐中主李璟去世，毫无竞争对手的李煜即国主位，偏安江南富庶之地的南唐也开始了灭亡的倒计时。

严格意义上讲，李煜是一个"非典型"的亡国之君，他没有出格的骄奢，也没有暴戾的苛政，就连他的朝堂之上也没有遗臭万年的奸臣贼子，以至于陆游在《南唐书·后主本纪》中写道："虽仁爱足以感其遗民，而卒不能保社稷。"在陆游看来，李煜是一个仁君，但不是一个能在乱世中站稳脚跟的雄主。

对于李煜而言，李璟不是一个好父亲，不仅把他强推上皇位，还留下了一个烂摊子。李煜即位后做的第一件事，就是遣使入宋朝贡，上《即位上宋太祖表》，陈述南唐变故，并尊奉宋廷为正朔。面对如日中天、咄咄逼人的强宋，李煜除了低声下气、不断进贡之外，已经没有任何可运作的政治空间了。大家的心里都清楚，南唐亡国，只是时间问题。

从登基之日起，李煜便终日处于惶恐不安中，"匹夫无罪，怀璧其罪"的恐惧感让他不得不极力讨好赵匡胤，从请求免除"诏书不名"之礼[2]，到各种财宝的进献，李煜几乎赔上了一个国君所有的尊严，但换来的仍是赵匡胤的步步紧逼。

---

[2] 北宋在诏书中不称呼李煜名字，以示尊重。李煜请求免除此礼，意在表示臣服。

政治的无力感让李煜不得不在纵情声色和佛法中寻求暂时的慰藉，而国之将亡的现实又如钝刀割肉般时刻撕扯着他的神经。

开宝四年（971 年）是一个标志性的时间点：盘踞岭南的南汉被赵匡胤攻灭；而吴越一直以"善事中国，保境安民"为立国之本，由此赵匡胤实现了对南唐的战略合围，留给李煜自我麻痹的时间已经不多了。

南汉的灭亡，令李煜顿生唇亡齿寒之感。随着北宋大军压境，李煜再次作出了一个屈辱的决定——去除唐号，改称"江南国主"，希冀自己的低头可以换来赵匡胤的怜悯。

不过，即便如此卑微地示弱，换来的也不是两国修好，而是北宋休整三年后的全力进攻。

面对紧迫的形势，懦弱无能的李煜忧心如焚，但他既不战也不降，除了日日与臣下设宴酣饮、忧愁悲歌外，就是用尽手段讨好赵匡胤，不断修书乞和，而赵匡胤则直接以一句"卧榻之侧，岂容他人鼾睡"，绝了李煜最后的希望。

从开宝七年（974 年）赵匡胤找茬对南唐用兵，到开宝八年（975 年）十二月金陵城破，富庶且弱小的南唐几乎没组织起像样的抵抗便全境沦丧，李煜肉袒出降，终究还是做了亡国之君。

开宝九年（976 年），刚到不惑之年的李煜被宋军押往北宋东京汴梁（也称汴京，今河南省开封市），被封为"违命侯"，开始了被监视的阶下囚的生活。

相较于一百多年后靖康之耻中徽、钦二帝的结局，李煜的余生在物质上不算凄苦，在自家府内，饮酒作乐皆不受限制。但和那位从不将国仇家恨放在心上的南汉后主刘铱不同的是，李煜始终对故国的沦丧难以释怀，他只得借酒消愁，将对故国的哀思和对人世无常的感慨倾泻于词作中。

李煜的笔下，有"林花谢了春红，太匆匆"的喟叹，有"别时容易见时难"的无奈，有"一旦归为臣虏，沈腰潘鬓消磨"的悔恨，有"世事漫随流水，算来一梦浮生"的悲凉……

南唐的繁华戛然而止，那个写过"一壶酒，一竿身，世间如侬有几人"这样淡然潇洒词句的李煜也死了——死在了南唐国破的那一日，死在了江南的旧梦里。被囚禁在汴京高墙府院里的李煜，只剩下亡国之君空荡荡的躯壳，灵魂茫茫然无所适从。

在李煜被押至汴京的当年十月，一生戎马的宋太祖赵匡胤就在"烛影斧声"这一千古之谜中离奇暴毙，而北宋的皇位也在诡异的氛围里越过了赵匡胤两个早已成年的儿子，交到了赵匡胤的弟弟——宋太宗赵光义的手上。

作为北宋的第二位皇帝，赵光义有两个被今人调侃的外号——"高粱河车神"和"毒王"：前者是在讽刺他在高粱河之战中丢盔弃甲、乘驴车疯狂逃命的"辉煌战绩";后者是说当时先后数人[3]被毒杀,他极有可能是幕后主使。

宋太宗太平兴国三年(978年),此时南唐已经亡国三年,毫无政治敏感性的李煜却仍在怀念故国,因此激怒了赵光义。于是在这一年的七夕夜,也就是李煜四十二岁生辰之夜,恼怒的赵光义派人送来了一杯御酒,酒中混着牵机药,这是一种能让人在极度痛苦中死去的烈性毒药。

传说,只要人服下牵机药后便剧烈抽搐,并由于痛苦而身体佝偻,最后头部与足部相接而死。因这一姿势状似牵机,故得名"牵机药"。

李煜的死令人唏嘘,如今被列为"中小学生必备古诗词"之一的《虞美人》,就是他的绝命词。

> 春花秋月何时了,往事知多少?小楼昨夜又东风,故国不堪回首月明中。
>
> 雕栏玉砌应犹在,只是朱颜改。问君能有几多愁,恰似一江春水向东流。

《虞美人》是千古名作,即便是毒杀李煜的宋太宗也不得不承认李煜的文学造诣。这首词所展现出来的用词精准与艺术境界,都堪称是李煜的"词中之最"。

其实,对于李煜而言,死未尝不是一种解脱。

既然身陷囹圄、不得自由,不如让灵魂重返故国,回到那个有雕栏玉砌、高阁楼宇、细雨飞花的江南……

---

③后蜀末帝孟昶、吴越王钱俶、赵匡胤的四弟赵廷美、赵匡胤的两个儿子。

林逋

拒绝做官、养鹤达人、咏梅大 V
禁欲系的他连苏轼都叹服

宋真宗大中祥符五年（1012 年），远在汴京的宋真宗赵恒第一次听说"林逋"这个名字，这位甘守清贫、不愿出仕的江湖名士成功地引起了皇帝的注意。求才若渴的宋真宗亲自下诏，征林逋出山做官——让如此人才流落江湖，不符合"天水一朝"一贯重视文人的传统。

对庙堂无感、只爱江湖的林逋婉拒了天子的邀请，无奈之下，宋真宗只得以"赐粟帛，诏长吏岁时劳问"的方式对这位大贤表示礼遇。

自此以后，得到皇家点赞的名士林逋终于不再被打扰，在西湖之畔继续着他清乐逍遥的快意人生。在那个读书人焚膏继晷以求功名的时代，他以梅为妻、以鹤为子，安贫乐道，不趋名利，活成了当世与后世读书人的"诗与远方"。

宋朝有两位白丁出身的词坛大家，一位是"奉旨填词"的柳永，另一位就是"梅妻鹤子"的林逋。但和因为抱怨而被皇帝怼以"且去浅斟低唱，何要浮名"的柳永不同的是，林逋不是不能考功名，而是不想考功名。因为终身不仕的缘故，林逋留下来的史料并不多，但有关于他的文字记载都对其有一个共同描述——仙气飘飘。

从年少清贫、却能自守，到青年闲适、泛舟江淮，再到中年归隐、结庐孤山（位于今浙江省杭州市），最后植梅养鹤、终老一生。当我们缓缓展开林逋的人生画卷时，满眼皆是他"处江湖而远江湖"的淡泊豁达。

宋太祖乾德五年（967年），林逋出生在一个名不见经传的儒学世家，史书所记载的"少孤"二字，昭示了他薄寒的童年。没有祖上的荫庇，也没有家业可继承，更没有父母的照顾，恬淡好古的林逋坦然接受了命运为他设下的清贫底色，并在清贫中度过了孤苦无依的童年。

我们可以想象这样一个画面：在那间抵御不了严寒酷暑的破屋里，缺衣少食的少年沉浸在经史子集中无法自拔，对物质生活的贫乏甘之如饴，对窗外的声色犬马展现出了同龄人所没有的成熟与淡然。

史书的寥寥数语，便是一个人的一生。当林逋从清苦的少年时代熬过来之后，这位饱读诗书的青年才俊既没有对物质产生狂热的兴致，也没有走上"学而优则仕"的科举之路，而是以他独有的方式活在了红尘外。

林逋出生于五代十国晚期，此时虽然还有如北汉、南唐、吴越等割据势力存在，但北宋的前身——后周国力雄厚，统一中原只是时间问题。

靠着陈桥兵变从孤儿寡母手中夺得江山后，宋太祖赵匡胤开始思考如何避免"黄袍加身"的旧事重演，于是上演了为后世津津乐道的"杯酒释兵权"。

赵匡胤先是收走了从龙元勋的兵权，接着给赵宋的后继者们定下了"重文轻武"的基本国策，"皇帝与士大夫共治天下"成为宋朝政治的基调之一。

所以，对于林逋这样的文人士子来说，生在这样的时代是一种幸运。无论后世如何诟病两宋在军事上的孱弱，我们都不得不承认，这是一个对读书人很友好的时代。

但仿佛从出生那一刻起就看破红尘一般，既没有经历国破家亡的颠沛流离，也没有困于屡试不第的苦闷挫败，青年时代的林逋学有所成之后，不是一心求仕，而是驾着一叶扁舟往来江淮，悠游于碧水青天之间。

"然吾志之所适，非室家也，非功名富贵也，只觉青山绿水与我情相宜。"这句话从林逋口中说出来，绝不是"故作佛系"，他常驾着小舟，遍游江淮，与高僧诗友唱和往来，以湖山为伴，二十余年足不及城市。在人人都对功名富贵孜孜以求的时候，林逋用放空自我和远离世俗的方式保持着身心的纤尘不染。

当内心世界丰满到极致时，物质的贫乏就显得不值一提了。千百年来，林逋成为无数人心中的"最后一丝澄澈"，人们都羡慕他的精神状态，而自己又不得不因为各自的牵绊和限制，继续疲于奔命。

"卷"不只是当下的社会问题，千年前的读书人也很卷，为了"朝为田舍郎，暮登天子堂"的梦想，不惜从青丝考到白发。如孟浩然这样的人也不是本心向往田园生活，而是半生辛苦也没能挤入官场，才不得已归隐山林的。但林逋不一样，他从一开始就厌恶官场的是是非非、尔虞我诈，坚持以清贫为乐，功名利禄从来都是过眼烟云。

这样的高洁绝尘与特立独行，让仰慕林逋的拥趸越来越多……

年逾不惑后，林逋定居杭州，在孤山上结庐安身。尽管他自己身无长物，但丞相王随、杭州郡守薛映均敬其为人，又爱其诗，常来到孤山与之唱和，还想出俸银为其修建新宅；最后连天子都有所耳闻，甚至亲下恩旨，要求地方官对其倍加抚渥。

我想宋朝一定也有"喷子"，林逋也一定受过诸如"伪道学""假正经"的诬蔑。但不屑于自证的林逋用自己的人生给了每个喷子一记响亮的耳光。面对朝廷抛来的橄榄枝，林逋一如既往地婉拒；面对天子亲下恩旨的荣耀，林逋也始终不以为傲，继续过着他的隐士生活。

唯一的改变，就是林逋的朋友圈热闹起来了。上至当朝宰相、杭州郡守，下到名刹僧人、当世文士，皆以与他有诗书往来为荣。

林逋终生未娶，他以梅为妻、以鹤为子，在历史中留下了"梅妻鹤子"的典故。写诗词、种梅花、养仙鹤、游西湖，就是他生活的全部。

在当时的文人圈里，林逋是公认的"诗书画三绝"，虽然如今我们已无缘见到林逋的真迹，但仍可从苏轼、黄庭坚、陆游等人的赞叹中遥想林逋当年的"三绝"风采。

林逋有林逋的傲骨，这位超凡出尘的大诗人写诗从来都是"写完就丢"。有人问他为何不将诗文记录下来好流传后世，林逋只淡淡地说了一句："我钟情山水，不想以诗文博得一时之名，更何况是后世之名呢？"

他的潇洒也造成了遗憾，千年后的我们无缘品鉴林逋的绝大部分作品。若不是当年有朋友偷着记录了几首他的诗词，我们连一窥的机会都没有。

如今很多人提起宋朝诗词大家，第一反应就是苏轼、柳永、李清照、陆游、辛弃疾等人，对于"林逋"这个名字很陌生。但如果提起那句"疏影横斜水清浅，暗香浮动月黄昏"，听过的就大有人在了。这一千古名句出自林逋的诗作《山园小梅》，寥寥十四个字，成就了"咏梅第一名篇"。

但于林逋而言，身外浮名又算得了什么呢？这位终生不肯踏入官场半步的隐士每天的赏心乐事便是泛舟西湖，于波光山影之间享受着年华慢慢老去的浪漫与惬意。

每当有客来时，家中的童子便会放出仙鹤，伴随着声声鹤鸣，林逋自山水深处驾舟返回，身旁是他待之如子的鹤儿，归处是他待之如妻的梅林。

宋仁宗天圣六年（1028年），六十一岁的林逋在茅庐中溘然长逝，闻听丧讯的宋仁宗唏嘘不已，为这位"梅妻鹤子"的白衣隐圣赐谥"和靖先生"。

直到人生答卷交上去的那一刻，所有对林逋诋毁、质疑的声音才戛然而止。六十一年的人生里，林逋有无数次机会出仕为官，但他每次都毫不犹豫地拒绝了。这一身清风傲骨，这一生淡泊名利，让林逋成了所有读书人心中的"诗与远方"。

千年前的北宋是这样，千年后的当下也是如此。

值得一提的是，林逋逝后的第二百五十七年，也就是元世祖至元二十二年（1285 年），总摄江南诸佛事的一代妖僧杨琏真迦在宰相桑哥的支持下，对包括南宋皇帝在内的江南名人的陵墓大肆盗掘，伫立于西湖畔的林逋墓也未能幸免。

当杨琏真迦打开林逋那口薄棺时，他并没看到想象中琳琅满目、价值连城的陪葬品，陪伴在林逋遗体旁的，只有一方端砚和一支女用玉簪。

斯人已逝，历史无言。

也许在这遗世独立的清冷孤高背后，是林逋止于唇齿、掩于岁月的深情……

晏殊

盛世宰辅五十年，北宋词坛独一家
他是大宋盛世的代言人

宋仁宗庆历四年（1044 年）秋，宋仁宗赵祯当众怒斥宰辅晏殊，满朝文武一片缄默，因为晏殊被责之事涉及宋仁宗生母李宸妃。

作为民间故事"狸猫换太子"里那个被偷换的太子的原型，赵祯在漫长的时间里都不知道自己的亲生母亲是李宸妃，而晏殊在为李宸妃所作的墓志铭中隐瞒了这一事实，只提到李宸妃有女，实则犯了欺君之罪。

未能在母亲生前尽孝，是宋仁宗内心的遗憾，所以当年轻的帝王真正执掌天下时，所有参与隐瞒的人都必须受到惩罚，即便那人是自己的恩师。面对帝王的震怒，晏殊没有做过多的申诉，他坦然接受了逐出京师的调令，收拾好行囊，转身离去。

这一年，晏殊已经五十二岁了。神童出道的他可以说是一生极尽恩荣：于做官，他做到了枢密使兼同中书门下平章事，一人身揽军权和相权；于作词，他是北宋文坛第一代婉约派宗师，词作含蓄婉转，被尊为"北宋倚声家初祖"。在所有人的艳羡里，晏殊用一生的时间，活成了北宋盛世的代言人。

晏殊并非出身豪门，没有显赫的家世，也没有丰厚的家底，但晏殊是神童，十四岁就参加殿试的他，下笔如有神助，最终在一众精英中脱颖而出，令宋真宗为之叹服，赐予他同进士出身的功名。也就是说，晏殊还未成年就考上了北宋的公务员编制，并得到了皇帝的重点关注。

少年得志的晏殊并没有因此而得意忘形，相反，从踏入官场之日起，他就表现出了完全不符合年龄的沉稳谨慎。时任宰相的寇准搞"地域黑"，以"晏殊是江东人氏（江东在五代时属南唐），为宋敌国，不能为官"的理由，阻止宋真宗提拔晏殊。

但寇准没料到的是，晏殊早就用个人魅力征服了宋真宗，以至于一贯耳根子软的宋真宗一反常态地回怼寇准道："开元名相张九龄也是江东人氏。"

"实力＋坦诚"是晏殊的处世法宝。他曾在决定自己命运的考试中，因发现试题做过而主动提出重考；也曾在宋真宗询问"为何其他官员都出去吃喝玩乐，而你却在家读书"时，毫无隐瞒地说了一句"我也想出去玩，但是我没钱"的大实话。

宋真宗喜欢晏殊的率真坦诚，当时浮躁的朝野亟需晏殊这样的老实人，所以从宋真宗景德二年（1005年）踏入官场起，到宋真宗乾兴元年（1022年）真宗驾崩，晏殊一直仕途平顺，从无品小官升至执掌制诏的翰林学士，晋升速度堪称"火箭式"。

在宋朝，能入选翰林学士的人基本都是日后的宰辅人选，而那时的晏殊才三十二岁。

尽管备受荣宠，但这些都是晏殊凭自身才能得来的。宋真宗实在是离不开晏殊，每每有问题，都会询问他的看法，而谨小慎微的晏殊则通过"小纸条"的形式为皇帝答疑释问。

令人嫉妒的是，晏殊不仅深得皇帝的信任，还是太子赵祯的授业恩师，所以无论未来朝局如何变化，晏殊的高官厚禄都是安保无虞的。

乾兴元年（1022年），宋真宗赵恒驾崩，这位统治前期开创了咸平之治的皇帝没能逃过"靡不有初、鲜克有终"的魔咒，在统治后期大搞"天书降临""祥瑞频出""泰山封禅""广建宫观"等巨耗民脂民膏的事情，阿谀谄媚之徒"争奏祥瑞，竞献赞颂"，使得举国骚然、国家财政不堪重负。宋真宗在作死的道路上一往无前，成功地将自己作死后，留下了一个危机四伏的烂摊子，以及一个年仅十三岁的继任者——宋仁宗赵祯。

此时朝野人心惶惶，时任宰相的丁谓和枢密使曹利用之间的暗斗逐渐公开化，"平衡大师"晏殊再度登场。

丁谓和曹利用，一个是最高政务长官，一个是最高军事长官，"各欲独见奏事"。这两个政坛大佬之间的对决，其他官员避之唯恐不及，但晏殊却敢站出来发声，这让之前不把晏殊放在眼里的丁谓和曹利用深感意外。

晏殊不愧是晏殊，他提出了"群臣奏事太后者，垂帘听之，皆毋得见"的办法，轻而易举地化解了双方的矛盾，获得了刘太后的赏识。很快，晏殊就被提拔为正二品枢密副使，距离登上文臣巅峰只有一步之遥。

"慎微"和"平衡"是晏殊保得仕途平顺的要诀，但也是后世人对其诟病的原因。有人说晏殊只喜欢"和稀泥"，面对大是大非时只会明哲保身，从不敢违逆君王旨意，所以才能官运亨通，但其实晏殊人生的第一次贬谪，恰恰是因为他坚持原则，不肯向皇权妥协。

纵观北宋，皇帝的能力大多一般般，但选老婆的眼光却是出了名的好，很多太后都是治国理政的好手，其中最有名的莫过于宋真宗的皇后——刘娥。

对于晏殊来说，刘娥既是帝国的实际掌权者，也是自己的贵人，但面对刘娥明显出于私心的赏官行为[1]，晏殊廷争面折。于是，出仕以来顺风顺水的他第一次遭遇贬黜，被逐出朝廷，改任地方。

按照古代文人的"文艺套路"，贬谪总会生发出无限诗意，历史上无数名篇都诞生于作者失意之时。但作为北宋的第一代婉约派宗师，晏殊几乎没有留下任何牢骚之语，他的词作清新脱俗，永远透着清贵名流的高雅与出尘，纵然偶有叹息，多半也是感慨年华老去、盛年不再。

其实对于活了六十五岁、为官却长达半个世纪的晏殊而言，贬谪

---

[1] 刘娥是卖唱歌女，为了感念张耆将自己买下献给当时还是王爷的宋真宗，掌权后的刘娥提拔张耆为枢密使。

的时间实在是太短了。纵然一时被贬，但很快就会重返中枢，继续位极人臣，所以绝大多数时光都处于富贵悠游状态的晏殊没有那么多的凄凉哀苦、离愁别恨可写。用他的学生欧阳修的话来讲，晏殊"富贵优游五十年，始终明哲保身全"。

晏殊所处的时代刚好是国朝无虞的盛世，北宋与辽国签订澶渊之盟后，与各邻国在很长一段时期内没有大的军事冲突。承平日久，尽管掩盖在盛世华服下的毒疮正在逐渐暴露，但对于"政治稳健派"晏殊而言，他需要考虑的事情并不多，他只需要在"一曲新词酒一杯"里感慨"无可奈何花落去"；在"昨夜西风凋碧树，独上高楼"时，感慨天涯路远，殷切叮嘱后来者"一向年光有限身，不如怜取眼前人"。

别说晏殊写的诗词小家子气，无论是古代还是当下，"富贵悠游"都是绝大多数人可望而不可即的"人生赢家"状态。

诚然，晏殊这位富贵宰相在政治建树上表现平平，他既不是大奸大恶的乱臣贼子，也不是鞠躬尽瘁的中兴名臣，但他是慧眼识骏才的伯乐，是乐于提携后进的前辈。如果我们仔细翻阅有关晏殊的史料就会发现——若无晏殊，北宋的文坛会黯淡不少，政坛也会损失大半人才。

宋真宗景德二年（1005 年），初登庙堂的晏殊还只是一个毫无根基的草根学霸，而到了宋仁宗至正二年（1055 年）晏殊病故时，不仅他自己是位极人臣的政坛领袖，他所推荐的人才也已成为当时政坛的中流砥柱。

范仲淹、欧阳修、王安石、富弼、韩琦等人杰无一例外地得到过晏殊的栽培和提携，为此，史书用"至于台阁，多一时之贤"来形容晏殊在识人辨才上的独到之处。在晏殊故去后，这些人物托举着北宋继续前行。

四

时间回到庆历四年（1044 年）的那个秋天，盛怒之下的宋仁宗一纸诏令，将恩师晏殊贬谪出京。直到至和元年（1054 年）六月，晏殊因病回到汴梁，病愈后得到皇帝允准，重新出任京官。此时的宋仁宗早已对恩师当年的隐瞒释然，他明白，晏殊的举动皆是出于大宋政局稳定的考虑。

宋仁宗特意将晏殊留下来为自己讲经释义，并以宰相之礼荣养，但此时的晏殊年过花甲，身体每况愈下，什么也阻止不了生命在他体内的流逝。

宋仁宗听闻恩师病笃，想要亲自探望，但晏殊强撑病体上书道："老臣已是风烛残年，无甚用处，不值得陛下挂心。"

宽慰君王后，晏殊轰然星陨。

未能见恩师最后一面，成了宋仁宗的终生遗憾。

帝王亲临祭奠、罢朝两日、赠司空兼侍中、墓碑上被刻下"旧学之碑"——生前位极人臣，身后备极哀荣，晏殊活成了全天下读书人的梦想。

但请不要再说晏殊是一个无甚作为的富贵宰相：

因为他离开的时候，自五代以来一直被废弛的教化重新焕发生机，官学、民学遍地开花；

因为他离开的时候，一直被认为是靡靡之音的宋词，实现了从"伶工之词"向"士大夫之词"的过渡；

因为他离开的时候，范仲淹、欧阳修、王安石、富弼、韩琦等治世名臣将仁宗盛世推向了顶峰。

其余的不必再说，都在"无可奈何花落去，小园香径独徘徊"的淡淡忧伤里……

范仲淹

治水、兴学、变法、打仗
他是忠孝两全的大宋文武第一人

宋仁宗庆历六年（1046 年）九月十五日，远在邓州（今河南省邓州市）的范仲淹收到了好友滕宗谅的约稿邀请。滕宗谅希望名满天下的范仲淹能为自己刚刚重修完成的岳阳楼（位于今湖南省岳阳市）写一篇雄文以作纪念。

因为"泾州侵吞公款案"的缘故，滕宗谅不仅被放逐岳州（今湖南省岳阳市），政治生涯也遭受了不小的打击，所以他来到岳州任父母官后，为民实干，使得岳州百业俱兴，以此来向世人证明自己的能力有多强、受的委屈有多大。

让当时的文人领袖范仲淹来为岳阳楼写文，滕宗谅的用意很深：这样做既能向天下的文人骚客介绍这一网红打卡地，还可一雪自己因为"泾州侵吞公款案"而无端蒙上的前耻。

因为范仲淹无法亲自登临参观岳阳楼，滕宗谅随信送来一幅《洞庭晚秋图》，可惜百密一疏——整幅图居然只画了洞庭湖，连岳阳楼的一片瓦都没有画出来。

范仲淹微微皱眉思索片刻……

既然如此，干脆就只写在岳阳楼上向外看到的湖景吧，那篇让世人为之一惊、千古为之一叹的《岳阳楼记》就此诞生了。

"居庙堂之高则忧其民，处江湖之远则忧其君"，这足有千钧之力的话背后，就是范仲淹起于微寒、出将入相的辉煌人生……

不用我赘述，仅从范仲淹死后获谥"文正"这一点就可以知道他的不平凡。那位砸缸的司马光曾说："文正是谥之极美，无以复加。"在司马光看来，"文"乃"道德博闻"，"正"乃"靖共其位"，这两个字的组合，是对文臣的最高肯定。被司马光这样安利，"文正"这一谥号成了当时及后世文臣梦寐以求的荣誉。但这种"极美"的谥号，皇帝却不会轻易赐予，两宋三百余年间，只有李昉、范仲淹、司马光、王旦、王曾、蔡卞等十一人获此谥号，后世获此殊荣的文臣也是凤毛麟角。

获得率低到可以忽略不计的"文正"究竟有多大吸引力呢？据传明朝内阁首辅大臣李东阳在弥留之际，内阁大臣杨一清去看望他，说要为他向朝廷请奏赐谥"文正"，李东阳这个即将咽气的人居然激动得跳起来要给杨一清叩头。因为李杨二人私交甚厚，所以有人作诗讽刺道："文正从来谥范王，如今文正却难当。大风吹到梧桐树，自有旁人说短长。"

从这首诗中可以看出，后世人认为范仲淹获谥"文正"是当之无愧的。无论是与他同时代的人，还是后世人，对于范仲淹的评价几乎无一例外地到了"褒无可褒"的地步，比如黄庭坚称他为"当时文武第一人"；朱熹称他为"天地间气，第一流人物"；就连被人戏称为"拗相公"、为了变法将衮衮诸公贬得一无是处的王安石都对范仲淹推崇备至，赞其为"一世之师，由初起终，名节无疵"。

这位第一流风骨的人物其实出身很低，既没有渊博家学的传承，也没有背景资源的加持，在未发迹的二十余年时光里，范仲淹人生的唯一主题便是发奋苦读。

宋太宗端拱二年（989年），范仲淹生于徐州节度掌书记官舍。宋太宗淳化元年（990年），其父范墉因病卒于任所，母亲谢氏贫困无依，只得抱着两岁的范仲淹改嫁淄州长山人朱文翰，范仲淹也改从其姓，取名朱说（yuè）。

宋真宗大中祥符四年（1011年）是范仲淹人生的分水岭。那一年，二十三岁的范仲淹从母亲口中得知了自己的身世，他不该叫朱说，他的生父也不是朱文翰，而是一个名为范墉的"陌生人"。

正史并没有写范仲淹这个异姓子在朱家过得如何，只提到范仲淹曾因好言规劝朱氏子弟不要铺张浪费而遭到对方的冷语讥讽："我们用的是朱家的钱财，关你什么事？"

这句话再次引起了范仲淹的怀疑，因为自记事起，自己是朱家异姓子的流言便让他不胜其扰。在范仲淹的追问下，母亲谢氏这才道出了真相。

范仲淹对于父亲的全部认知都来自他的继父朱文翰，母亲所说的每一个字都像是重锤般狠狠砸在他的心上。突如其来的打击让范仲淹"感愤自立，决欲自树立门户"，背上自己的琴与剑离开了朱家。母亲派人去追他，他请对方转告母亲："给我十年，我一定来接您回我们自己的家（期十年登第来迎亲）。"

不要把范仲淹的离家出走想象成李白式的浪漫旅行，他没有唐玄宗赏赐的金银，也没有李白的声名，此时的范仲淹只是一个孤苦无依的普通人，求学的年龄比一般读书人大很多。除了寒窗苦读外，想要安身立命、实现抱负的范仲淹别无他法。

命运给予范仲淹的，不全是苦难，因为他遇到了恩师戚同文[1]。大家有兴趣复盘戚同文的生平的话，会发现他和范仲淹的人生经历有诸多相似之处——一样的孤苦无依，一样的寄人篱下；日后范仲淹的待人接物与恩师也极其相似——但行好事，莫问回报。

我想当范仲淹出现在戚同文面前时，这位名满天下的大儒一定从眼前这位年轻人身上看到了曾经的自己。戚同文明白范仲淹的困顿窘迫，也明白范仲淹的心有不甘，更明白范仲淹的胸怀大志。而范仲淹呢？能来到这样一个"博延众生，讲习甚盛"的书院学习，是范仲淹人生中遇到的第一个大幸运。

范仲淹很珍惜在应天府书院（位于今河南省商丘市睢阳区）就读的机会，他比任何人都心急，他迫切地想要出人头地，去弥补自己曾经蹉跎掉的时间，早日奉养自己的寡母。在应天府书院苦读的那段日子，范仲淹真正做到了"两耳不闻窗外事"，以至于宋真宗御驾巡幸经过时，所有的学子都冲出去一睹天颜，只有范仲淹纹丝不动，完全没有受

---

[1] 在睢阳学舍办学，人称"睢阳先生"，皇帝下诏改其学舍为应天府书院。

到外界影响。很快，范仲淹矢志勤学的美名便在书院里传开了。

宋朝科举有多卷，自不必赘述，范仲淹拼命读书的样子，把同辈学子吓得够呛，他甚至在让人感到困倦的寒冷冬日里用冷水洗脸，以此来保持清醒。就这样夜以继日、不畏寒暑地苦读四年后，范仲淹终于科举及第。

"十年登第来迎亲"的许诺，范仲淹仅用四年便实现了，这对寄人篱下的母子终于有了属于他们自己的安身之所。

除了金榜题名这一人生转折外，在应天府书院苦读的四年时间还磨砺了范仲淹的心性，困顿潦倒的他不得不寄居山寺，靠划粥断齑来勉强过活——但也正是这种"人不能堪"的苦寒生活，让范仲淹建立了"先天下之忧而忧，后天下之乐而乐"的世界观。

宋真宗大中祥符八年（1015年），在实现了"修身"与"齐家"这两个人生目标后，二十七岁的范仲淹正式迈入仕途，给后世人留下了一部"政坛大佬白手起家"的奋斗史诗。

二十七岁进入官场的范仲淹明明毫无背景，但不知为何，无论他身在何处，总能有所作为，总能得到贵人的支持与举荐。

官场有着说不清、道不明的潜规则，但这些被寻常官员奉为金科玉律的官场哲学于范仲淹而言，都是被他嗤之以鼻的蝇营狗苟，只要所做之事有利于民生福祉，他始终抱着"虽千万人吾往矣"的决心和毅力。

宋真宗天禧五年（1021年），因政绩卓越而被派往泰州（今江苏省泰州市）西溪监察盐税的范仲淹发现海堤受损严重，于是他一力主推泰州捍海堰的修筑。在修筑过程中，因工程浩大、经费不足，生活稍有些起色的范仲淹二话不说，贴上了自己所有的俸禄……

宋仁宗天圣五年（1027年），重返故里为母守丧的范仲淹被时任南京留守的晏殊举荐，重返应天府书院，主持书院的日常工作。在此期间，以身作则的范仲淹带给所有士子的，是前所未有的震撼。

范仲淹从来不以官职的高低为意，凡是他觉得需要针砭的事情，便会不论得失地直言进谏。没有门第之见，没有得失之心，没有朋党之别，范仲淹就是范仲淹——一个敢于为了大义和苍生不顾自身荣辱的人。《宋史·范仲淹传》对此记载道："每感激论天下事，奋不顾身，一时士大夫矫厉尚风节，自仲淹倡之。"

宋仁宗天圣五年，处江湖之远的范仲淹并没有只关注自己手中的政务，了解民生疾苦的他放眼全局，洞察帝国的沉疴，于是有了那篇振聋发聩的《上执政书》。

《上执政书》是范仲淹第一次对大宋帝国沉疴进行的系统剖析，也是他日后发起并主持庆历新政的前奏。这篇洋洋洒洒逾万字的雄文虽然一时未得到落实，却成功地让身处权力中枢的高官们知道了范仲淹的名字。一年之后，范仲淹便被特召回京，开始了不算顺遂的"京漂"生活。

范仲淹是一个没有私心的人，所以在位极人臣之前，他混得并不好。

宋仁宗天圣七年（1029年），太后刘娥依然牢牢地控制着政局，宋仁宗赵祯准备率领百官在会庆殿朝拜刘娥。时任秘阁校理的范仲淹上了一封让他的举荐人晏殊冷汗直流的反对书："陛下是九五之尊，想给太后贺寿，自己拜拜就得了，带着百官为太后贺寿，有损皇帝威严（奉亲于内，自有家人礼，顾与百官同列，南面而朝之，不可为后世法）！"

此时的宋仁宗还是一个毫无实权的傀儡皇帝，帝国的实际掌权者是太后刘娥。范仲淹此举，无疑是自寻死路，以至于一向温和的晏殊都忍不住训斥他年轻张狂。坚持原则的范仲淹非但没有感到畏惧，还写了一篇长文《上资政晏侍郎书》给晏殊，痛陈自己的立场和观点，把向来喜欢和光同尘的晏殊噎得一时语塞。

按照党同伐异的惯性思维，范仲淹当众驳太后面子的行为做实了他是"帝党成员"的身份，但在宋仁宗明道二年（1033年）发生的一件事，又让所有人刷新了对范仲淹的认识。

这一年，执掌赵宋天下十一载、穿皇帝衮服祭祀太庙的太后刘娥崩逝，一众官员为了讨好宋仁宗，见风使舵地开始了对刘娥的秋后算账，一时间，不议论太后过失的官员反而成了另类。

可范仲淹呢？

这次他又像四年前当众对抗刘娥威严一般奋不顾身地站出来，为刘娥保全了身后名："太后受先帝遗命护持陛下十数年，陛下应当为太后掩盖小的过失，保全太后的千古名声（太后受遗先帝，调护陛下者十余年，宜掩其小故，以全后德）！"

我们必须承认，这样的范仲淹很了不起，但我又不得不提到那句无奈的话：在位极人臣之前，他混得并不好。

四

没有家族的支持，没有夫人娘家的托举，出身寒微的范仲淹靠着自己的耿直和实力，一步步走到了权力中枢。他居庙堂之高时能不论得失地直抒己见，处江湖之远时也能为官一任、造福一方：从外放江淮时的蝗灾治理，到任职苏州（今江苏省苏州市）时的兴修水利，再到坐镇汴京时的官场整治，范仲淹每到一处便留下一个传说，就这样走着走着，他遇到了为官生涯中最强的对手——吕夷简。

大家不要一看是范仲淹的对手，就想到忠奸相斗的套路，事实上，吕夷简不仅不是一个奸臣，还是一个力保社稷的功臣。《宋史·吕夷简传》中对他有这样一句评价："仁宗初立，太后临朝十余年，天下晏然，夷简之力为多。"

但范仲淹和吕夷简不同，吕夷简是微有瑕疵的社稷功臣，而范仲淹是毫无瑕疵的社稷功臣。就是这样的细小差距，让两人之间爆发了水火不容的对抗。

吕夷简最大的毛病就是任人唯亲，于是讽刺技能满点的范仲淹精心准备了一幅《百官升迁次序图》，一边指着图中的百官，一边给宋仁宗解说这些人是怎么靠着和吕夷简的关系获得升迁的。

画《百官升迁次序图》的时候，四十八岁的范仲淹是正四品权知开封府事（开封府尹一般由储君担任），而吕夷简则是身居相位十数载的宰辅相公，蚍蜉撼大树的结果就是范仲淹被逐出京师。

好友梅尧臣对多次因直言上谏而遭贬黜的范仲淹心疼不已，便写了一篇《灵乌赋》给贬谪途中身染重病的范仲淹，劝他别做那只报忧的乌鸦，免得招人厌弃（凤不时而鸣乌鸦鸦兮，招唾骂于邑间）。

梅尧臣的好意范仲淹当然知道，但几近客死异乡的他还是用八个字表明了自己的态度——宁鸣而死，不默而生。宁愿因为直言进谏而死，也不愿在蝇营狗苟中尸位素餐，这是范仲淹入仕时的初心，也是他宦海沉浮数十年、历经无数挫折与打压却从未动摇的原则。

历史不忍让范仲淹客死异乡，还有更多使命赋予他。宋仁宗宝元二年（1039年），三川口大战爆发，宋军大败于西夏李元昊之手，边关告急，狼烟四起，还在饶州（古州名，位于今江西省东北部）任知州的范仲淹被火速调回中央，并于次年调往西北前线，实现了从文到武的华丽转变。

范仲淹经略西北的两年是李元昊吃瘪的两年，这位横扫西北无敌手的西夏皇帝在进攻大宋的过程中，从未遇到过像范仲淹这样的对手。范仲淹从不贪功冒进，每到一处便扼守要塞，屯兵营田，招抚流民，将一座座营盘要冲经营得牢不可破。

擅长奇袭和机动战的李元昊每攻下一处都需要付出巨大的代价，而西夏薄弱的家底无法支撑李元昊打持久战。不过两年的时间，范仲淹就建立了严密的西北防线，收纳数万户百姓，大宋的西北边境甚至流传着这样一首歌谣："军中有一范，西贼闻之惊破胆。"

范仲淹只有一个，但偌大的宋帝国到处都需要范仲淹式的人物，所以在促成庆历和议后没多久，范仲淹便被拜为参知政事（副宰相）。

在他的号召之下，富弼、欧阳修等人杰都聚集到他的麾下。针对大宋帝国的种种积弊，范仲淹再次赌上自己的仕途前程，那场短暂又辉煌的庆历新政拉开了大宋变法自救的序幕。

提起宋朝的变法，绝大多数人只会想到熙宁变法（王安石变法），为期不过一年的庆历新政一直处于被人遗忘的尴尬境地，但作为大宋庙堂第一个吃螃蟹的人，范仲淹对于大宋帝国的症结把握得很准确，所行策略也很得当，为日后的熙宁变法打下了坚实的基础。

宋仁宗庆历五年（1045年）正月，为期不过一年的庆历新政被全面废止。已然疲倦的范仲淹辞别中枢，来到邓州。三年后，调知杭州三年，最后抱病前往颍州（今安徽省阜阳市），并在中途病故于徐州（今江苏省徐州市）。他将为官的所有时光都交给了江山社稷、黎民苍生，留给自己的却少之又少。

"人无完人"这四个字在范仲淹的身上并不适用，无论是为人还是为官，范仲淹都毫无瑕疵。

为了不让后世子孙再有人如他从前那般艰难困苦，范仲淹一掷千金，为家族购置千亩良田，建立范氏义庄，接济族中的贫寒子弟，为他们提供婚丧嫁娶和读书的资助。

建立范氏义庄的时候，已是宋仁宗皇祐二年（1052年），距离范仲淹辞世只剩下两年光景。不知范仲淹看着他一手建立起的义庄，心中有何感想，他是否会想起自己年少时寓居山寺、划粥断齑的清寒岁月；是否会想起自己辞别寡母，在应天府书院冷水沃面、发奋苦读的清苦时光。

记得来路，记得初心。

我想这是范仲淹从寒微一路拔擢、直至位极人臣的原因所在，也是他得以谥号文正、名传千古的原因所在，更是时隔千载仍值得我们追思的原因所在。

《宋史·范仲淹传》中说："自古一代帝王之兴，必有一代名世之臣。宋有仲淹诸贤，无愧乎此。"

范文正公，无愧乎此。

欧阳修

别把我想成伟大人物
我一直是一个喜欢吃喝玩乐的愤青

宋仁宗天圣八年（1030 年），时任御史中丞的晏殊主持礼部省试。为了拔擢真正的人才，他出了一道一反常态的试题——《司空掌舆地之图赋》。

题目说简单也简单，说难也难：说简单，是因为这一题目的字面意思是"司空如何行使管理地图的职责"；说难，是因为题目有陷阱——它出自典籍《周礼·司空》，东汉儒学大家郑玄曾为此作注，说汉朝司空的职责是管理地图，但周朝司空的职责则远不止于此。

果然，题目一出，在座的考生看着题目，一脸茫然，无从下手。因为从字面理解的话，这题目也太简单了，根本写不出新意。可这是礼部省试的题目，并且是神童出身的晏殊亲自出的题，不可能这么简单。关窍到底在哪里，没有人能答上来。虽然也有人举手提问，但都不得要领。

无人能领会晏殊的意思，就意味着本次省试恐怕没有什么人才，都是一些死读书的书呆子而已。就在晏殊连连摇头的时候，一个瘦弱青年走到晏殊面前，一语道破《司空掌舆地之图赋》的题眼："敢问题目中所说的'司空'，是周朝司空还是汉朝司空？"

这个青年的提问，让原本失望的晏殊喜出望外，他笑着回答道：

"这么多考生中，只有你一人读懂了题目，本题考的是汉朝司空。"

那时的晏殊还不知道，眼前这个瘦弱却颖慧过人的年轻人名叫欧阳修，是连中三元（监元、解元、省元）的超级学霸；晏殊更没有想到的是，他一手拔擢出来的欧阳修会给北宋的政坛与文坛带来怎样的气象。

纵观唐宋历史，有三位国民级文坛偶像的年少时期很惨，他们是韩愈、范仲淹和欧阳修。三人皆自幼丧父，都依靠自身天赋和努力得以逆天改命，在政坛和文坛都稳稳地处于C位。范仲淹和韩愈是毫无疑问的正统士大夫形象，但少了几分凡夫俗子的烟火气，相较之下，欧阳修显得更像普通人，于是更显得可爱。

作为中小学生"阅读并背诵全文"板块的常客，欧阳修是很多组合的成员，这其中含金量最高的莫过于"唐宋八大家"和"千古文章四大家"。能跻身这两大文学天团，欧阳修的文学造诣之高不言而喻，他不只是一个能写出众多爆款诗文的当世文豪，更是一个在文坛具有划时代意义的标杆人物。

这样一位在宋代文学史上开创一代文风的文坛领袖，其父欧阳观兢兢业业干了一辈子，也只是个底层小官（绵州军事推官，宋神宗时被改为从八品），而且欧阳观晚年得子，欧阳修出生时，他已经五十六岁，在儿子不到四岁时便撒手人寰，既没有让欧阳修享受足够的父爱，也没有给他留下一份安保无虞的家产，只留下孤儿寡母相依为命。

唯一幸运的是，欧阳修的母亲郑氏是一位堪比孟母的母亲。尽管科举在某种程度上就是财富资源与教育资源的比拼，但在郑母的引导下，欧阳修走出了一条穷苦子弟也能通过读书改变命运的逆袭之路。

没钱买纸笔，郑母便以沙地为纸，以荻秆为笔，教年幼的欧阳修认字，由此为我们贡献了"画荻教子"的典故。

郑氏的努力没有白费，欧阳修不但矢志勤学，而且从小就展现出超然的天赋，他从城南李家借书抄录，抄完后便能成诵，笔下文章已经隐隐然有大家风采。叔父从这个孩子身上看到了家族振兴的希望，曾对郑母说："嫂子不必担忧家贫子幼，你的孩子有奇才，不仅可以光宗耀祖，更可闻名天下！"

欧阳修所处的时代，虽有晏殊等文采卓然的词人孜孜不倦地创作，但诗词也好，文章也罢，依然无法突破承袭自五代十国时期的陈词滥调，行文过于追求辞藻和对偶，乍读起来诗意优美，细品之下尽是辞藻堆砌的靡靡之音。

一个偶然的机会，欧阳修在当地富户的废纸篓中发现了韩愈的《昌黎先生文集》，他如获至宝，研读之后被深深折服，从此成为韩愈的铁粉。这个经历，像极了武侠小说里的男主角因误入山洞而得到绝世秘籍的桥段。

此时距离韩愈故去已近两百年，欧阳修即将扛起诗文革新的大旗，并用一生的时间来延续韩愈的抱负。

回到文章开头。

对于欧阳修这样的奇才来说，考取功名是一件手到擒来的事情。但诡异的是，从宋仁宗天圣元年（1023 年）到天圣四年（1026 年）的四年时间里，欧阳修先后两次参加科举，都出人意外地落榜了。

这在当时的人们看来是很不可思议的，即便那时的欧阳修才二十岁出头，但大家对于他中举的信心比自己中举的信心还高，两度落榜，让人们产生了科举考试有黑幕的想法。

这桩诡异之事直到多年以后才由晏殊吐露了实情——确实有黑幕，但这是一场众考官出于爱才之心才产生的黑幕。其实以欧阳修的才华，早就可以榜上有名了，但众考官觉得欧阳修的文章太露锋芒，如果让其少年得志，势必在官场上难有远行，这才有了被特意安排的两次落第。

并不知情的欧阳修只觉得是自己文章还欠火候，于是又在书海中埋头苦学了三年，于天圣七年（1029 年）在恩师胥偃的保荐下进入国子监，随后参加了第三次科举。这一次，欧阳修爆发出惊人的考场实力：他先是在国子监的广文馆试、国学解试中斩获头名，成为监元和解元；又在翌年的礼部省试中拔得头筹，成为省元。他最后要面对的，是皇帝亲自主持的殿试。

宋朝是历朝历代中最重视文治的朝代，宋仁宗一朝则是两宋三百多年里文气最鼎盛的时期，最能证明这一说法的就是"唐宋八大家"中，有六位出自仁宗盛世。而欧阳修考中进士的天圣八年（1030 年），可谓是群星闪耀的一年，王拱辰、蔡襄、欧阳修、陈希亮等诸多北宋名臣皆出自这一届科举。

有趣的是，那时春风得意的欧阳修觉得状元非自己莫属，胜券在握的他提早备下一套崭新的袍子，准备迎接人生的这一重要时刻。作为欧阳修的同窗好友，当时年仅十九岁的王拱辰趁欧阳修不注意，翻出了那套新袍穿在自己身上，还要宝似的喊"我穿上状元袍啦"。

这是等待殿试期间发生的小插曲，欧阳修当然没有和这位小弟弟计较，但尴尬的事情就这么阴差阳错地发生了——王拱辰戏语成真，成了新科状元，而呼声最高的欧阳修只以第十四名的排名位列二甲。

王拱辰能考中状元，细究情由，并不是他比欧阳修学问高，而是考题恰好是他温习过的题目，再加上欧阳修喜欢写艳词，这种不符合传统士大夫标准的举动惹得宋仁宗心有疑虑，这才将欧阳修唱为第十四名，未能实现真正意义上的"连中三元"（解元、会元、状元）。

尽管科举留有遗憾，但欧阳修很快收拾好心情，正式开启了自己的仕途。

宋朝盛行"榜下择婿"的风气，放榜之日，达官显贵会派家丁到皇榜处选择才貌匹配的女婿。南宋周煇的《清波杂志》有云："择婿但取寒士，度其后必贵，方名为知人。"说白了，就是达官显贵挑选"潜力股"。

对于读书人来说，"金榜题名"若能与"洞房花烛"连在一起，那真真是人生的高光时刻，所以当时讲究"大登科后小登科"，指的便是考取功名后入赘官宦人家。用我们今天的话来讲，就是"成为进士郎，迎娶白富美，走上人生巅峰"。状元王拱辰就是娶了名相薛奎之女，而欧阳修则娶了恩师胥偃之女；后来欧阳修续弦娶了薛奎的另一个女儿，与王拱辰成为连襟。

尽管没能高中状元，但欧阳修的官场起步不算低，他被授任将仕郎，试秘书省校书郎，充任西京留守推官。对于年方二十五岁的欧阳修来说，他刚出仕就站在了父亲穷极一生都无法到达的位置上，实现了自身的华丽逆袭。

担任西京留守推官的日子很惬意，因为欧阳修有一位很佛系的直属领导——西京留守钱惟演。钱惟演是吴越王钱俶之子，他一生仕途奔波，数度沉浮，政绩平平，人品虽不足称[①]，但雅好文辞，对欧阳修等青年才俊甚是爱重。在这样一位好领导的保护下，欧阳修在第一份工作任期内，以吃喝玩乐为主，整天忙着游山玩水，和同样身为名士的梅尧臣、尹洙等人觥筹交错、对酒当歌。欧阳修从来都不是传统刻板的士大夫，他的身上有着浓浓的烟火气，喜欢美酒佳肴、声色歌舞。

如果一直在钱惟演手下做事，欧阳修的名字一定会泯然于历史之中，所以当钱惟演因政治失意被调走之后，领导支持摸鱼的好日子到头了，对欧阳修而言，这也是一种新生。

欧阳修的第二任领导王曙很严苛，这是一位后来拜相的狠角，也是一位典型的士大夫，一生都以"修身、齐家、治国、平天下"为己任，为政严谨，颇有政绩，所以当他到任第一天看到手下的幕僚们一个个游手好闲，便直接怒了。

王曙很生气，后果很严重。他取消带薪休假，打击带薪摸鱼，一时间府里"哀鸿遍野"。作为名臣寇准的女婿，王曙在训斥这帮只知吟风弄月的幕僚时，特意将自己的老丈人树立为"反面典型"："诸君纵酒过度，独不知寇莱公（寇准）晚年之祸邪！"[②]

---

① 攀附奸臣丁谓，对寇准等忠臣落井下石。

② 寇准晚年被奸臣丁谓构陷，一贬再贬，最后客死雷州的寓所。

王曙的发言有理有据，堂下的幕僚们默不作声。就在王曙很满意自己发表了一番充满教育意义的训诫时，刺头欧阳修冷冷回道："以修闻之，莱公正坐老而不知止尔！"

被噎得半死的王曙半晌没说出话来，但最终也没有因此而打击报复欧阳修，可谓"宰相肚里能撑船"。一脸傲娇的欧阳修实现了"瞬时猎杀"，在同辈面前露了一回脸，但这样的性格，注定了他接下来的仕途难以平顺。

欧阳修的身上永远带着和官场格格不入的气质，他的人生字典里没有"和光同尘"这四个字。身处官场的数十年里，欧阳修永远都是那个坚持自我的另类，这样的人在官场上很扎眼，也很容易招祸。宋仁宗景祐元年（1034 年），二十八岁的欧阳修奉旨回京，来自权力中央的风暴不可避免地将他卷入其中。

景祐三年（1036 年），朝廷爆发了一场小规模的党争，就是前文中提到的范仲淹给宋仁宗献上《百官升迁次序图》、讥讽吕夷简任人唯亲，而吕夷简也将"勾结朋党、离间君臣"等罪名扣在范仲淹头上的那起事件。

范仲淹和吕夷简吵得不可开交，左司谏高若讷站出来支持吕夷简，主张范仲淹应该被贬，这瞬间惹怒了许久不曾开怼的欧阳修："仲淹刚正，通古今，班行中无比。以非辜逐，君为谏官不能辨，犹以面目见士大夫，出入朝廷，是不复知人间有羞耻事耶！今而后，决知足下非君子。"在朝廷任职没几年的欧阳修，就这样与范仲淹一起被外放远州。

被贬出京的欧阳修处之泰然地前往夷陵（今湖北省宜昌市夷陵区）做县令，甚至在老大哥范仲淹要拉他一把的时候，他都笑着拒绝："昔者之举，岂以为己利哉？同其退不同其进可也。"短短一句话，就将欧阳修的风骨展现得淋漓尽致。于他而言，所言所行都不为私利，"同其退"是他坚持的公心，"不同其进"是他恪守的私德。

这样的欧阳修又怎么可能一直埋没于江湖之中呢？即便有很多人不愿意让他重返庙堂，但明君贤臣一定会想方设法让这位始终不改赤子之心的人物回到朝廷，因为欧阳修是一面镜子，有他在，是非曲直一目了然。所以短短四年后，欧阳修就被召回京师，并被委以重任。

阔别四年，庙堂气象早已焕然一新。欧阳修惊喜地发现，宋仁宗治下的群臣中人才辈出，范仲淹、富弼、韩琦等人都已身居要职、位高权重，一场针对北宋积弊的改革正在酝酿中。

北宋最有名的变法毫无疑问是宋神宗时期的熙宁变法，但在熙宁变法之前，由范仲淹等人推动的庆历新政已经迈出了北宋变法除弊的第一步。

范仲淹等人对于北宋的症结判断得很精准，也针对冗官、冗兵、土地兼并等问题提出了改善措施，但改革势必会激怒既得利益者，再加上向来反感朋党的宋仁宗开始怀疑范仲淹等变法派有结党营私之嫌，导致庆历新政仅维持了一年便夭折了，变法派的重要人物纷纷被调离中央，作为其中最活跃的分子，三十八岁的欧阳修也被贬去滁州（今安徽省滁州市）。

换作寻常人，这时候肯定会痛心呐喊，感叹自己一心为国却鲜有人理解，但欧阳修不是一般人，他在哪儿都能活出人生的精彩。

除了把治下管理得井井有条、令百姓安居乐业之外，欧阳修的生活主题便是和文人骚客搞文化沙龙、诗酒唱和，那篇我们需要全文背诵的《醉翁亭记》就诞生于这一时期。"工作生活两不误"是欧阳修的人生信条，他从来不是端坐于文庙里供人膜拜的圣贤，而是一个有血、有肉、爱生活的好官。

做官已然如此，在做学问方面，欧阳修更是两宋三百多年中的佼佼者。《宋史·欧阳修传》中对其文章有这样的评价："为文天才自然，丰约中度。其言简而明，信而通，引物连类，折之于至理，以服人心。超然独骛，众莫能及，故天下翕然师尊之。"

意思是，欧阳修的文章，行文述理恰到好处，遣词造句浑然天成，风神玉秀天下效法。从少年到暮年，欧阳修的文采便和他的为官政绩一样，都是活在别人口中的传说。

如此完美的人物似乎只应活在经史子集的字里行间，或被塑像供奉于先贤祠中，但欧阳修的风采却永远出现在凡尘里，他会如天神下凡般出现在某个寂寂无名的寒士才子面前，不求回报地提携他，让他成为"一朝天下知"的新生代文坛偶像。因为自己淋过雨，便想着为他人撑伞，欧阳修希望能尽可能多地提携有才华的寒士，这是他后半生一直不遗余力地坚持且卓有成效的事业——曾巩、王安石、苏洵、苏轼、苏辙等人，欧阳修初识他们时，他们尚未发迹，在欧阳修的大力举荐下，他们都成了辅佐社稷、青史留名的人物。

宋神宗熙宁五年（1072年）闰七月，已官至太子少师（从一品）的欧阳修在家中溘然长逝，临终时并未留下只言片语。

欧阳修有着跌宕却耀眼的一生：

为官，他几度沉浮，终至参知政事、枢密副使；

为文，他编纂了《新唐书》《新五代史》《集古录》等鸿篇巨制，更有"庭院深深深几许""泪眼问花花不语，乱红飞过秋千去""人生自是有情痴，此恨不关风与月"等流传后世的名句；

为人，他少年常怀凌云之志，暮年不减飒飒朝气，《宋史·欧阳修传》总结评价道："天资刚劲，见义勇为，虽机阱在前，触发之不顾。放逐流离，至于再三，志气自若也。"

这样的欧阳修怎么能一言不发就离开人世呢？翻遍他的人生履历，读遍他的传世作品，我似乎找到了一句符合欧阳文忠公脾气秉性的话可作为其遗言。

那是他在宋仁宗庆历八年（1048年）奉旨回京、面对来和自己道别的滁州百姓时写下的《别滁》的末尾一句：

"我亦且如常日醉，莫教弦管作离声。"

我仍是和平日一样，与大家开怀畅饮，尽兴大醉，不要让管弦奏出离别的哀伤曲调……

王安石

心如宝月映琉璃，何惧生前身后名

宋钦宗靖康二年（1127年），金兵攻破北宋的东京汴梁，徽、钦二帝及天潢贵胄共计三千余人被金兵押往北方，一路上受尽羞辱。百余年积攒的财富被洗劫一空，汴京的繁华恍若黄粱一梦，北宋悲惨落幕。

这就是后世汉人政权统治者谈起便恨得咬牙切齿的靖康之变。数百年后的大明朝，《永乐大典》对此评价道："靖康之变，耻莫大焉！仇雪耻，今其时矣。"

南宋绍兴八年（1138年），逃过金人搜山检海的追杀后，宋徽宗第九子——康王赵构（宋高宗）迁都临安府（今浙江省杭州市），建立南宋。暂得安宁的南宋臣民开始总结历史，所有人都想给过去那段屈辱岁月找一个替罪羊。

找来找去，文官们将这个"史上最大屎盆子"扣在了一个已经故去四十一年的人身上——王安石。

宋朝儒学大家杨时说："今日之祸，实安石有以启之。"意思是，北宋国破之祸，就是王安石那时埋下的。

自此，王安石在史书中一直背负着"流毒四海，祸国殃民"的骂名，被后世史家死死地钉在耻辱柱上。

那么，王安石到底是一个什么样的人呢？

一

现代人对于王安石的印象标签主要有两个——力主变法的改革家、文风瘦硬的"唐宋八大家"之一。除此以外，关于王安石，鲜少有人能再说一二了。但翻开史册细品他的人生，你会发现这位搅动北宋浑浊政坛、给积贫积弊的北宋带去末世光亮的大相公，有太多的故事隐于历史的烟尘之中。

王安石出生于仕宦家庭，自幼勤奋好学、博览群书，曾游历南北各地，接触到一些社会现实，对民生疾苦有所了解，所以年少时便立下"矫世变俗"之志。

宋仁宗庆历二年（1042 年），年仅二十一岁的王安石进士及第，成了当之无愧的天子门生。按照绝大多数北宋进士的仕途轨迹，王安石会先被派往地方任职，在基层历练，倘若有所政绩，便可回到中央，一步步接近权力中心，成就封侯拜相的梦想。

可这些世俗的功名利禄不是王安石想要的东西，他在等一个人，等一位慧眼如炬的伯乐出现。年轻时的王安石一直在辞官，不愿进京，不愿入阁，《宋史·王安石传》对此记载道："先是，馆阁之命屡下，安石屡辞；士大夫谓其无意于世，恨不识其面。朝廷每欲畀以美官，惟患其不就也。明年，同修起居注，辞之累日。阁门吏赍敕就付之，拒不受；吏随而拜之，则避于厕；吏置敕于案而去，又追还之；上章至八九，乃受。"

都说"京官大三级"，当时有多少进士与官员削尖了脑袋想挤进去的京官编制，王安石却弃之如敝屣。这样的做法很多人难以理解，但如果通过王安石的诗作《古松》来求证的话，就容易理解多了。

> 森森直干百余寻，高入青冥不附林。
> 万壑风生成夜响，千山月照挂秋阴。
> 岂因粪壤栽培力，自得乾坤造化心。
> 廊庙乏材应见取，世无良匠勿相侵。

王安石以古松自比，更是用最后一句喊出了自己的心声——千里马在等伯乐，闲人勿扰。

王安石要的不是经权贵相助而进入权力核心，然后与之同流合污，安享富贵，纸醉金迷；他清楚地听到帝国内部分崩离析的破裂声，清楚地看到隐藏于盛世幻象下的种种危机，他要的是权力——一个可以摧毁一切阻挡他实现"救天下"梦想的至高权力。

黄庭坚评价王安石道："余尝熟观其风度，真视富贵如浮云，不溺于财利酒色，一世之伟人也。"

"视富贵如浮云，不溺于财利酒色"，仅凭这一点，就不知胜过多少自诩清高的文臣名士了。

作为一个"举世皆醉我独醒"的人，王安石有他的孤独，更有他的执着。踌躇的十几年间，他一遍又一遍地在心中描绘自己的改革蓝图，蛰伏蓄力，以观时变。

历史给了王安石机会，那个慧眼如炬的伯乐出现了——宋神宗。轰轰烈烈的王安石变法在宋神宗的鼎力支持下，隆重地揭开了序幕。

王安石的发迹，除了自身努力之外，还有众多好友的助力。有意思的是，他的朋友圈以变法为分界线，呈现出两极分化的现象。

早期，王安石与一众北宋政坛大佬、文坛名流相交甚密、互为知己。早在宋仁宗景祐四年（1037 年），年仅十七岁的王安石就被好友曾巩举荐给当时的文坛旗手欧阳修。欧阳修读了王安石的文章后，大加赞赏。有了文坛领袖的点赞，王安石瞬间崛起为一时顶流。

在那之后，王安石成功进入政坛圈，与司马光、包拯、欧阳修、韩琦等人结成挚友，连当时最强盛的两大政治家族——韩、吕两族都对王安石青眼有加。有这样的政治资源傍身，本就是人中龙凤的王安石何愁功业难成？

但随着变法的深入，王安石朋友圈里的知己越来越少，当年对他有过提携之恩的知己好友一一离他而去，有的甚至同他反目成仇，关系再难弥合。这其中，就有王安石曾视为一生挚友的司马光。

中国人自古以来都秉持"凡事留一线"的处世之道，但这样的处世之道，在王安石这里行不通——所有阻挠新法的人都得让路，即便对方是自己的知己和伯乐。

《宋史》对于这一时期的王安石记载道："吕公著、韩维，安石借以立声誉者也；欧阳修、文彦博，荐己者也；富弼、韩琦，用为侍从者也；司马光、范镇，交友之善者也，悉排斥不遗力。"

曾一手为王安石创造机会、让他得以与宋神宗相见的官 N 代韩维、吕公著（韩、吕两族子弟的代表人物）在变法之初，就因政见不合，被王安石贬谪出京。

对王安石有知遇之恩的欧阳修，在上书反对《青苗法》无果后，落寞请辞。作为弟子的王安石非但未作挽留，反而补刀道："修附丽韩琦，以琦为社稷臣。如此人，在一郡则坏一郡，在朝廷则坏朝廷，留之安用？"

这段话的意思是："欧阳修攀附韩琦，将韩琦视为安邦定国的社稷之臣，这样的人，在州郡便败坏州郡，在朝廷则败坏朝廷，留着有什么用？"

多年的师徒情谊，一朝分崩。

韩琦是何许人也？被宋神宗亲笔手书"两朝顾命、定策元勋"的枢机宰辅；"为相十载，辅佐三朝"，配享宋英宗太庙的名臣；二十六年前庆历新政的主要推动者之一。但就是这样一个人物，也被王安石视为变法路上的绊脚石，在抨击欧阳修的同时，也顺带拉踩他。

曾将王安石视为至交好友、赞许其为"独负天下大名三十余年，才高而学富"的司马光，最终也因为和王安石意见相左而辞官离去。此后数年间，这二人一个成为改革派的将帅，一个化身保守派的领袖，后者更是在保守派全面起复后废止了王安石变法的所有举措。

除了上述提到的人之外，我们耳熟能详的、因反对王安石变法而被罢黜的人还有苏轼、苏辙、富弼等。

王安石得罪的不是奸佞宵小，个个都是在当时政坛上鞠躬尽瘁的股肱之臣，都是当今教科书上作品被要求"默写并背诵全文"的名人雅士。

为什么王安石不顾私人恩义一意孤行，推行史无前例的改革，并在变法这条路上义无反顾地猛冲呢？

这个问题，也许《抱朴子》中的一句话可以作为答案："盖明见事体，不溺近情，遂为纯臣。"

君子朋而不党。作为一个纯臣，对于王安石来说，比起私人情谊，救天下更重要。他宁愿背负所有骂名，因为留给他、留给大宋的时间真的不多了。

客观来讲，王安石变法的初衷是好的，但在执行过程中，确实存在种种不顾实际情况的问题。

早在宋神宗熙宁元年（1068 年）王安石第一次面圣时，他就写了一道很著名的奏议——《本朝百年无事札子》。

所有人看到的都是北宋百余年的国泰民安，只有王安石看到了繁荣背后的隐患。他说："百年无事，亦天助也。"换言之，北宋之所以能太平这么久，完全是上天保佑，但这样的侥幸不可能再持续下去了。

当时的北宋，就像一棵从内部开始朽烂的大树，虽然看上去还是郁郁葱葱的，但用不了多久就会彻底腐朽。

这并非是王安石危言耸听，北宋当时正在被冗官、冗兵、冗费这三大毒瘤困扰，且在迅速滑入无可挽救的深渊。

首先说冗官。

为了官员之间相互制衡，宋朝设置了大量的官职，同官阶之间相互制约，经常出现只有一个官职却有几个任职者的现象。

其次说冗兵。

有宋以来，重文轻武，虽然文治达到了极致，但轻武带来的后果就是军队战斗力直线下降。为了加强中央集权，避免重蹈武将拥兵自重、割据一方的覆辙，宋朝的统治者热衷于募兵，并且实行兵将分离制。这样做的后果是兵源质量不断下降，且"兵不识将，将不识兵"，将领与士兵之间缺乏默契，无法相互配合作战；"吃空饷"也成了军队里心照不宣的"常规操作"。不断膨胀的士兵数量和不断下降的作战能力，使得宋朝的军队陷入了无休止的恶性循环。

而冗官和冗兵势必会催生第三个问题——冗费。

举两个简单的例子。

唐朝的科举，每期取士不过三四十人，而宋朝的科举，每期动辄四五百人，再加上赵宋官家给予士人的各种加封和荫封，宋朝的官僚体系几乎被撑爆。

宋太祖时期，军队建制十二万人；宋太宗时期，增加到十八万人；到了宋真宗时期，激增到四十万人；宋仁宗时期更是达到了恐怖的八十万人。

政务开支和军费开支，以及每年的岁币开支，极大地损耗了北宋的国力，百姓不堪赋税之重。王安石正是看到了这三个问题，才制定了《青苗法》《保甲法》《免役法》等改革措施。但变法势必会触动既得利益集团，随着变法推进愈发困难，加之宋神宗的不断动摇，变法最终付诸东流。

熙宁七年（1074 年），曹太皇太后（慈圣皇后）、高太后（宣仁皇后高滔滔）向宋神宗哭诉"王安石乱天下"。接连不断的天灾人祸，让原本坚定支持变法的宋神宗也开始产生怀疑。失去最强后盾的王安石很快被罢相，虽然翌年就被重新拜相，但执拗一生、为达目的不计后果的他终于还是陷入了孤掌难鸣的境地。

重登相位的王安石倍感孤独，举目望去，昔年与他一起推行变法的同僚或死或贬，能堪大用的寥寥无几，这场得罪了天下人的熙宁变法和庆历新政一样，走向了偃旗息鼓的末路。

熙宁九年（1076 年），王安石多次托病请求致仕。同年，他的长子王雱病故，政治失意、晚年丧子的双重打击，令他对尘世深感疲倦。同年十月，王安石辞去相位，虽然其后加封不断，但最终沦为大宋王朝尊贵又孤独的"吉祥物"。

元丰八年（1085 年），宋神宗赵顼驾崩，宋哲宗赵煦即位，改元元祐，由太皇太后高氏垂帘听政。宋哲宗即位后，加封王安石为司空。王安石貌似获得更高礼遇，但在失去宋神宗这个后盾后，他在波澜诡谲的政局变幻中已然彻底失势。晚年的他回到了江宁（今江苏省南京市江宁区），于山石之间建了一座"半山园"（位于今江苏省南京市玄武区），归隐江湖。

王安石的离开，为司马光腾出了地方。此时大宋的实际掌权者太皇太后高氏早在宋神宗时就强烈反对变法，待垂帘听政后，她立即起用司马光为相。

在天下人翘首以盼"朝廷如何处理熙宁变法这一问题"的目光中，司马光提出了"以母改子"的方案，即以太皇太后高氏的名义全面废除熙宁变法的改革措施，史称"元祐更化"。

一直故作轻松、寄情山水的王安石闻此噩耗，一病不起。当他听说《免役法》也被废止时，忍不住惊呼："亦罢至此乎？"呼罢，王安石陷入了长久的昏迷，数日后溘然长逝，享年六十六岁。

京中得知王安石去世的消息，有好事者问司马光对于王安石的盖棺定论。这位王安石的少时挚友、后半生的政坛死敌，曾被王安石亲手贬黜、又亲手毁了王安石变法的老对手沉默良久，最后缓缓道出六个字："不可毁之太过。"

也许时隔多年以后，司马光也开始从内心深处接受这位老对手，他这个"司马牛"终于理解了那个顽固不化、不听人言的"拗相公"。

尽管被后世史书归为奸臣，但王安石这个毁誉参半的改革家实在称不得"奸"字，他所做的一切，自始至终都不是为了私利。

终此一生与锦衣华服、山珍海味毫无沾染的王安石，是出了名的"邋遢王"：他曾因长期不洗澡而身上长虱子，被宋神宗和同僚们打趣；也曾因长期不洗脸而面黑如墨，一度以为自己生病了，苏洵在《辨奸论》①一文中指桑骂槐地讽刺王安石"衣臣虏之衣，食犬彘之食，囚首丧面"。

穿着臣虏的衣服，吃着猪狗的食物，蓬头垢面——谁又能想到，

---

① 这篇文章被认为是苏洵为攻击王安石而作，但有后人认为该文是由南宋邵伯温所写。

这样不修边幅的人会是大宋庙堂上叱咤风云的宰辅大相公呢？

生前政敌诘难、众叛亲离又如何？身后受尽辱骂、饱受诟病又如何？就像王安石那句小诗写的一样："愿我六根常寂静，心如宝月映琉璃。"

心如宝月映琉璃，何惧生前身后名？

纯人、纯友、纯臣，我想王安石都做到了。

苏轼

那些整不死我的穷山恶水
都会因我的出现而变成美食天堂

宋徽宗建中靖国元年（1101 年）五月，被贬了一辈子的苏轼接到了人生的最后一道调令，从穷山恶水之地被起复为朝奉郎。行到真州（今江苏省仪征市）时，苏轼写下了著名的自我总结诗《自题金山画像》，两个多月后病故于北归途中。

> 心似已灰之木，身如不系之舟。
>
> 问汝平生功业，黄州惠州儋州。

临了的时候，苏轼仍然用自嘲的方式狠狠挖苦了自己一番，他说自己这一生最大的功业，都留在黄州（今湖北省黄冈市黄州区）、惠州（今广东省惠州市）和儋州（今海南省儋州市）了。要知道，一千多年前的黄州、惠州和儋州可不是如今经济发达的繁华都市，而是烟瘴四起的蛮荒之地。尤其是儋州，官员被放逐儋州、任其自生自灭，在宋朝是仅次于死刑的严酷惩罚，几乎十死无生。

关于苏轼的传奇，绝非是一篇文章可以写完的，写苏轼的文章很多，但我只想聊聊那些因苏轼而诞生的美食。一生都在被贬的苏轼，用一生的时间告诉他的敌人——那些整不死我的穷山恶水，都将因为我的出现而变成美食天堂。

苏轼少年得志，以一篇《刑赏忠厚之至论》得到当时的文坛领袖欧阳修的赏识，被欧阳修赞为"此人可谓善读书，善用书，他日文章必独步天下"。

　　正如欧阳修所料，满腹才情的苏轼后来确实文章独步天下，但令欧阳修没有想到的是，以文入仕的苏轼未能在政坛上大放光彩。上天给了苏轼绝顶的才华，却未能给苏轼绝佳的运气。

　　及第没多久的苏轼因为父亲病故而守孝三年，在此期间，他挚爱的发妻也溘然长逝。丁忧期满重返政坛后，苏轼不可避免地卷入了新旧党争，"不合时宜"的他，像《皇帝的新装》里的孩子一样，直白地指出新法的弊端。说真话的后果就是，苏轼开始了自己的贬谪人生。

　　让苏轼进入人生至暗时刻的，是那起轰动天下的"乌台诗案"。一场无妄之灾，让苏轼第一次距离死亡那么近，如果不是宋朝没有杀士大夫的先例，他早就人头落地了。

　　幸运的是，苏轼有着极大的人格魅力，下狱后，无论是他的朋友还是政敌，都纷纷开口为他求情，身陷囹圄一百零三天后，苏轼被贬去了黄州。

　　有人曾做过一份唐宋著名诗词大家们一生的足迹图，好做游侠的李白和忧国忧民的杜甫一生所经过的地方与苏轼比起来，实在是小巫见大巫，但苏轼的不幸之处在于——那些他经历过的地方，大部分都是他的贬谪之地。

到达黄州时，已经四十四岁的苏轼望着这片民智未开的地方，心中早没了当年"居于庙堂济苍生"的豪情壮志。经历了生离死别和仕途不顺后，苏轼的心胸日益豁达，开始学着将"生活的苟且"变成"诗与远方"。

作家林语堂在《苏东坡传》序言中，对苏轼这样评论道："苏东坡是一个无可救药的乐天派、一个伟大的人道主义者、一个百姓的朋友、一个大文豪、大书法家、创新的画家、造酒试验家、一个工程师、一个皇帝的秘书、酒仙、厚道的法官、一位在政治上专唱反调的人……但是这还不足以道出苏东坡的全部……苏东坡比中国其他的诗人更具有多面性天才的丰富感、变化感和幽默感，智能优异，心灵却像天真的小孩——这种混合等于耶稣所谓蛇的智慧加上鸽子的温文。"

三

苏轼的可爱烂漫，以及他隐藏的美食家天赋，是从黄州开始发扬光大的。初到黄州时，连安身之所都没有的苏轼在朋友——黄州太守徐君猷的帮助下，修葺了临皋亭。因为俸禄微薄，每日完成公务后，苏轼便带着一家人在城外的东坡荒地上开垦，逐渐开垦出了一片种粮种菜的田地，还建了一座茅屋，为其题名为"东坡雪堂"，苏轼由此自号"东坡居士"。

自笑平生为口忙，老来事业转荒唐。

　　长江绕郭知鱼美，好竹连山觉笋香。

　　逐客不妨员外置，诗人例作水曹郎。

　　只惭无补丝毫事，尚费官家压酒囊。

　　如果以品美食的方式去解读这首《初到黄州》，那么可以概括为一句话："长江鱼真鲜，野山笋真香。"

　　所有人都在等着看苏轼的笑话，一个在金粉繁华中生活惯了的人，如何受得了黄州的艰苦？可吃完长江鱼、喝完鲜笋汤的苏轼才没工夫理睬那些人，因为他已经迫不及待地将目光投向了另一种食材——猪肉。

　　宋朝时，羊肉是士大夫阶层的主要肉食，而猪肉则是连底层百姓都看不上的低贱食物。即便是身处穷山恶水中的黄州人也只热衷于羊肉，于是"价贱如泥土"的猪肉便成了生活拮据的苏家人打牙祭的首选。

　　一个伟大的美食家除了创造一个流传千古的美食佳话外，还会将食谱写下来留给后人，于是有了《猪肉颂》。

　　洗净铛，少着水，柴头罨烟焰不起。待它自熟莫催它，火候足时它自美。黄州好猪肉，价贱如泥土。富者不肯吃，贫者不解煮。早晨起来打两碗，饱得自家君莫管。

　　就像倔强的笋头一般，乐天派的苏轼笑吟吟地接过了生活的苦难，还回赠以美好与诗意。身处炼狱依然心存光明，说的就是苏轼这样的人。

四

黄州四年，苏轼学会了与生活和解。政坛波谲云诡的变化，让他一度高升为帝师。从穷山恶水的黄州重返满眼繁华的帝都，苏轼又过上了门庭若市、高朋满座的富贵生活。

但随着庇护者太皇太后高氏的崩逝，一直蓄势待发的政敌们再次群起攻之，苏轼的高光时刻戛然而止。这一次，他被放逐到了更远的地方——惠州。

当时的惠州是一个蛇虫横行的烟瘴之地。黄州的市集上还能有大量的羊肉出售，但惠州这个贫穷之地，整个市集每天只杀一只羊。

上好的羊肉都得归当地的豪强官绅，苏轼便买来沾着肉星子的羊脊骨，煮熟后再以烈酒浇淋，撒上盐后炙烤，等半焦后再吃。苏轼没有想到的是，因为自己一时的口腹之欲，居然又在无意中给后世留下了一道美食——羊蝎子。

羊蝎子的美味让苏轼暂时忘却了被贬的烦恼，他在给弟弟的信中得意洋洋地说自己"终日摘剔牙綮，如蟹螯逸味"，还调侃说自己是吃美了，等着啃骨头的狗狗可不高兴了。

人生多磨难，但苏轼边啃羊蝎子边告诉我们，见招拆招才是人生的正确打开方式。

除了羊蝎子，还记得《惠州一绝》中的"日啖荔枝三百颗，不辞长作岭南人"吗？这一次，乐天派的苏轼又同惠州完美融合了。

五

前面说过，在宋朝，仅次于满门抄斩的刑罚，就是被放逐到位于"天涯海角"的儋州。乌台诗案的惩罚还没有结束，在惠州的第三年，苏轼又因为一首《纵笔》，被当权者贬往儋州。

白头萧散满霜风，小阁藤床寄病容。

报导先生春睡美，道人轻打五更钟。

"你不是很惬意吗？那我就送你去那个鸟不拉屎的地方，看你还能快活到何时！"

已经六十一岁的苏轼收拾好行囊，带着一口空棺材上路了。在惠州还能吃点羊脊骨，到了儋州就只能吃老鼠、蝙蝠了。面对这片几乎从未被开发过的土地，苏轼发出了"食无肉，病无药，居无室，出无友，冬无炭，夏无寒泉"的感叹。

如果你认为苏轼的豁达就到此为止了，那就大错特错了。

这位动手能力超强的金牌美食家迅速融入当地生活，发现了一道新美食——牡蛎。

在给幼子苏过的信中，苏轼这样写道："己卯冬至前二日，海蛮献蚝。剖之，得数升。肉与浆入与酒并煮，食之甚美，未始有也。又取其大者，炙熟，正尔啖嚼……每戒过子慎勿说，恐北方君子闻之，争欲为东坡所为，求谪海南，分我此美也。"

大意是：我的儿，牡蛎真好吃，好吃得要命！可别给那些伪君子听到了，万一都争着被贬谪到海南同我抢牡蛎吃，那我就亏大了！

你看，苏轼这人就是这样，只要他不想死，别人怎么也整不死他！再荒凉的地方，他也能化腐朽为神奇，从美食中找到活下去的勇气，并用自己的乐观精神一次次置之死地而后生。

宋徽宗建中靖国元年（1101 年），苏轼在回京赴任途中身体欠佳，暂时在常州（今江苏省常州市）落脚，那里有他年轻时置办下的宅子，还有让他魂牵梦萦的江鲜。

命途多舛、不是在贬谪之地就是在贬谪途中的苏轼，这一次终于停了下来，于当年八月辞世，享年六十五岁。

这位本该在政坛大放异彩的宰辅之才，虽然未能将人生最美好的年华奉献于庙堂之上，但也因贬谪而将恩泽布施于江湖之中。

宋徽宗崇宁三年（1104 年），一个名为姜唐佐的书生路过汝州（今河南省汝州市）时登门拜访苏辙，他拿出了苏轼亲笔题诗的扇子，上面只有一句"沧海何曾断地脉，白袍端合破天荒"。

苏辙询问后才知道，姜唐佐来自琼山县（今海南省海口市琼山区），苏轼贬谪儋州期间，姜唐佐慕名而来，陪侍苏轼身边半年，在苏轼的指点下学有所成。题这句诗时，苏轼勉励他北上赴考，并说"异日登科，当为子成此篇"。

金榜题名时，我会为你补全这首诗。

姜唐佐没有辜负恩师的期望，成为琼州有史以来第一位中举的读书人，后世历代琼士都将他作为东坡遗泽、开一代文风的榜样。

姜唐佐拜访苏辙的这一年，苏轼已经去世三年了。苏辙看着哥哥的笔迹，泪如雨下，他提笔为哥哥完成了"异日登科，当为子成此篇"的心愿。

生长茅间有异芳，风流稷下古诸姜。

适从琼管鱼龙窟，秀出羊城翰墨场。

沧海何曾断地脉，白袍端合破天荒。

锦衣他日千人看，始信东坡眼目长。

　　唯有美食与黎民不可辜负，苏轼真的做到了。

苏辙

十年饮冰，难凉热血

我不只是"苏轼的弟弟"这么简单

宋仁宗嘉祐六年（1061 年）的北宋，天下所有读书人的目光都聚焦在汴京，因为在八月将有一场高级别的官员考试——制科。

制科考试是非常规的官员考试，常规的科举考试是每三年一次，而制科考试是不定期的；制科考试的程序比科举考试更烦琐，参加制科考试的人员要先由朝廷中的大臣进行推荐，然后参加一次预试，最后由皇帝亲自出考题测试。

由此可知，科举考试在难度上是无法与制科考试同日而语的。据说两宋三百多年间科举考试选了四万多名进士，但制科考试只进行过二十二次，成功通过的只有四十一人。通过制科考试选拔出来的人才，就是宰辅的候选人。

但这一年八月的制科考试没有如期举行，一位考生突然患病卧床的消息传到了宰相韩琦的耳中，韩琦一听考生的名字，连忙上奏宋神宗，希望推迟制科考试的时间，给该考生留出养病的时间。

韩琦奏道："今岁召制科之士，惟苏轼、苏辙最有声望，今闻苏辙偶病，未可试。如此人兄弟中一人不得就试，甚非众望，欲展限以俟。"

苏轼无须再多介绍，这位惊艳了千年岁月的天纵之才，流传后世的诗词无一不让人动容。苏轼身上有太多的标签：北宋词宗领袖、金牌美食家，全民偶像……

可提到他的弟弟苏辙，人们的第一反应是"苏轼的弟弟"，最多能再想到"唐宋八大家"之一这个头衔，除此之外，别无其他印象。

就像是"买一赠一"的赠品一样，苏辙永远被掩盖在哥哥苏轼的万丈光芒之下。他似乎颇具才干，但若问他具体有何成就，却甚少有人能说出一二来。

但宋仁宗评价苏氏兄弟道："吾今又为吾子孙得太平宰相两人。"也就是说，苏辙也是宰相之才。

对于这个小自己四岁的弟弟，苏轼不吝赞美之词："子由之文实胜仆，而世俗不知，乃以为不如。其人深，不愿人知之。其文如其为人，故汪洋澹泊，有一唱三叹之声，而其秀杰之气终不可没。"也就是说，苏辙深沉内敛、为人低调，文风朴实却能令人一咏三叹，回味无穷。

这样一位敛奇才于内的人杰，不可能只是"苏轼弟弟"这么简单。

梁启超先生曾言："十年饮冰，难凉热血。"

说的正是苏辙这样的人。

二

很多人的学生时代都有一个名为"别人家的孩子"的大神存在，自己似乎永远无法战胜他。对于年少的苏辙来说，哥哥苏轼就是离他最近的"别人家的孩子"。

苏轼的才华太令人惊艳：二十一岁时随父亲出川，赴京应考，以一篇《刑赏忠厚之至论》让当时的文坛泰斗欧阳修为之惊叹，最后欧阳修为了避嫌，令苏轼阴差阳错地失去了状元头衔[①]，做了榜眼；六年之后的制科考试，苏轼又名列第三等[②]，成为自大宋建立以来第一个获此殊荣的人。

有这样一个天纵奇才的哥哥在前面，也是人中龙凤的苏辙就显得平凡了许多。

大家对于苏轼的印象是狂放不羁、快意潇洒，对于他看不惯的人或事总是给予毫不留情的讥讽。但比起苏轼的小打小闹，苏辙才算得上是有宋以来的第一愤青，即便比起明朝的海瑞，也不遑多让。

在嘉祐六年的这场因为苏辙生病而推迟了一个月的制科考试中，年仅二十二岁的苏辙写了一篇《御试制科策》，并以此文引发了北宋政坛的争论。

在《御试制科策》中，这位愤青展现出了惊人的战斗力，他一连以历史上的六位昏君来讽刺宋仁宗沉迷酒色、荒淫无度、剥削百姓、

---

① 宋朝科举为了考试的公平性，防止结党营私，在流程上进行了改进：试卷要封上考生的姓名与籍贯，并且派专人誊写，以防考官认出笔迹。应被列为第一的试卷是苏轼的，但欧阳修误以为是自己的学生曾巩的，为了避嫌，欧阳修将其列为第二。

② 因为第一等和第二等都是虚设，所以第三等就是实际意义上的第一等。

好大喜功，对当时粉饰太平的社会风气和官僚集团的人浮于事现象予以痛斥。全文气势恢宏，对于朝廷冗官、冗兵问题的抨击深可见骨，但对于宋仁宗的责难多半言过其实，更多的是愤青式的宣泄。

好在苏辙遇到的是一位闻名于史册的仁君，宋仁宗不但没有问罪苏辙，反而赞赏道："吾以直言求士，士以直言告我，今而黜之，天下其谓我何？"

这是苏辙一生中运气最爆表的时候，做好被治罪的准备写下的策论，非但没有为苏辙带来灾厄，反而在宰相司马光的坚持下，成为仅次于苏轼的制科考试第四等。

但苏辙的好运气，似乎被一次性用完了。

原以为通过制科考试的自己可以获得朝廷的重用，却未曾想哥哥苏轼做了大理评事，并以京官身份前往基层锻炼，而自己只得了一个试秘书省校书郎的微末官职。

还沉浸在雏凤初鸣喜悦中的苏辙，无法接受这样的心理落差，在还不知官场险恶的情况下，他以照顾父亲为由，不肯赴任，坚决辞官。

这是天真的苏辙第一次对官场失望，即便哥哥写诗劝勉自己，苏辙还是以"闭门已学龟头缩，避谤仍兼雉尾藏"的诗句自嘲——我已经闭门龟缩了，为什么他们还咬着我不放？

都说"初生牛犊不怕虎"，苏辙为自己当年的张狂付出了代价，在经历了父亲亡故等一系列变故后，苏辙褪去天真，收敛锋芒，变得沉稳。

八年后的宋神宗熙宁二年（1069年），苏氏兄弟丁忧结束后回到庙堂，北宋政局已经发生翻天覆地的变化。在宋神宗的支持下，震动天下的王安石变法开始了。

喜欢说真话、不爱阿谀奉承一直是苏氏兄弟的"通病"，不懂得或不屑于向当权者妥协的人，一般不会有好果子吃：官居高位的苏轼因为反对王安石变法中的激进做法，被逐出京城，贬到杭州，之后又接连不断地遭到贬谪与监视；沉寂多年后好不容易跻身朝廷的苏辙，也因为反对王安石推行《青苗法》而被贬至河南府。

这还不算完，命运给了苏辙更大的"惊喜"，就是他那位"政治白痴"的哥哥苏轼。

北宋名臣张方平曾对苏氏兄弟有过这样一句评价："二子皆天才，长者明敏尤可爱，然少者谨重，成就或过之。"这句话隐隐然成了苏轼和苏辙的命运写照。

宋神宗元丰二年（1079年）的"乌台诗案"，是苏轼人生中的最大劫难。苏轼在调任湖州（今浙江省湖州市）时所作的《湖州谢上表》，其中的"愚不识时，难以追陪新进；老不生事，或能牧养小民"一句被新党拿来作文章，监察御史何正臣上疏弹劾苏轼"愚弄朝廷，妄自尊大"，苏轼被直接下狱，生死难知。

"乌台诗案"来势汹汹，最先知道消息的苏辙展现出了他的从容镇定，他一方面写信劝慰哥哥，另一方面上表求情。

"臣早失怙恃，惟兄轼一人，相须为命……臣欲乞纳在身官，以赎兄轼，非敢望末减其罪，但得免下狱死为幸。"

这份声泪俱下的《为兄轼下狱上书》感动了宋神宗，加上苏辙多方奔走，就连王安石都出面求情，苏轼这才保住了性命。

对于弟弟的努力和牺牲，苏轼感激涕零，他曾在给弟弟的绝笔诗中写道："与君世世为兄弟，又结来生未了因。"

今生缘尽，你我兄弟来世再续前缘。

虽然死罪可免，但是活罪难逃，苏轼开始了"黄州、惠州、儋州"的贬谪之行。贬谪之路不是全家游，苏轼将一家老小托付给了弟弟。此时的苏辙也被哥哥连累，带着两大家子人，被贬去了江西。

没有人知道苏辙是怎么熬过那段灰暗岁月的。作为家族里的顶梁柱，他就像巍峨不动的大山一般，一次又一次地替哥哥收拾残局，在漂泊中护持哥哥的家人。

世人都羡慕苏轼的豪情冲天、豁达开朗、乐天知命，殊不知在这个浪漫得要死的哥哥背后，永远有一个操碎了心的弟弟。苏轼这个乐天派在弟弟面前，像一个伤春悲秋的爱哭鬼，每一次与弟弟分别，他写的临别诗读起来都像诀别诗，毫无豁达可言。

《颍州初别子由诗两首·其一》："征帆挂西风，别泪滴清颍……人生无别离，谁到恩爱重……悟此长太息，我生如飞蓬……"

《子由将赴南都与余会宿于逍遥堂作两绝句》："别期渐近不堪

闻，风雨萧萧已断魂。犹胜相逢不相识，形容变尽语音存。"

......

苏轼一生写给弟弟苏辙的诗共有一百多首，每一首读起来都柔肠百转，与世人印象中的"豪放"人设完全不符。就连千古名篇《水调歌头·明月几时有》在感叹"人有悲欢离合，月有阴晴圆缺，此事古难全"时，也要"兼怀子由"。对苏轼来说，苏辙就是最大的安全感来源，只要弟弟在，即便犯下天大的过错，也总会有人替他收拾烂摊子。

《宋史·苏辙传》对苏氏兄弟的手足之情这样描述道："辙与兄进退出处，无不相同，患难之中，友爱弥笃，无少怨尤，近古罕见。"

这就是为什么苏轼临终前的遗言只提及弟弟苏辙："惟吾子由，自再贬及归，不及一见而诀，此痛难堪。"

豁达了一辈子的苏轼，临终放不下的，是没能跟弟弟苏辙见上一面。

苏辙匆匆赶到时，两人已是天人永隔。他遵循哥哥的遗愿，将其葬于嵩山之阳（位于今河南省平顶山市郏县），从此闭门谢客，开始专心整理哥哥留下的文稿。

时过境迁，苏辙偶然看到哥哥在海南为附和陶渊明《归去来辞》而写下的旧文时，潸然泪下。

"归去来兮，世无斯人，谁与游？"

宦海浮沉数十载，当年那两个出川赶考的风发少年，如今只剩下一个苍髯白发的老者茕茕孑立。

早已远离庙堂多年的苏辙回忆起年轻时的样子，似乎同曾经的桀骜不驯达成了和解。

那个和自己相依为命的哥哥已魂归九天，当所有的抱负与理想都归于现实的时候，苏辙仿佛回到了那个制科考试结束后的晚上，他与哥哥相约早些远离官场，早些回归田园，两人仍像孩提时那样形影不离，伴着簌簌雨声酣然入睡。

宋徽宗政和二年（1112 年）十月初三，七十四岁的苏辙病逝，葬于苏轼墓侧。这对天纵奇才的兄弟，终于实现了年少时"安知风雨夜，复此对床眠"的梦想。

那么，我们该如何评价苏辙呢？

我觉得作家赵允芳的话最中肯："苏轼与苏辙的关系就像箭与弓，箭之离弦，离不开弓的隐忍内敛。唯弓弩收得愈紧，箭方能弹射得愈远。某种意义上，正是苏辙的内向收敛、隐忍坚韧，成就了苏轼穿越时空的锋芒与伟才。"

如是而已。

张先

弱水三千，我全干了，你们随意

宋神宗熙宁年间，自请外放杭州的苏轼参加好友张先的又一场婚礼。是的，已经八十岁的张大爷老当益壮，耄耋之年又迎娶了一位年仅十八岁的小妾。都说"一妻一妾"是"齐人之福"，那张先无疑是"齐人之福 Plus 版"。

入夜，红烛高照，洞房良宵。容光焕发的老张得意洋洋地吟出一首诗："我年八十卿十八，卿是红颜我白发。与卿颠倒本同庚，只隔中间一花甲。"

正在外面喝酒的苏轼听闻此诗后，写下了一首貌似小清新、实际限制级的小诗："十八新娘八十郎，苍苍白发对红妆。鸳鸯被里成双夜，一树梨花压海棠。"

那画面太美，大家自行脑补。

曾有人考证后认为苏轼并未写过这首诗，但张先的一生艳福不断并非虚言。这位超长待机八十八年的老人家，跨越了从宋太宗到宋神宗的五个时代，虽然是进士出身，但终其一生在仕途上都表现平平，但若论感情经历，张先可谓是绝对的人生赢家。这位婉约派大词人的人生用这八个字概括最为恰当——悠游闲适，留恋美色。

如果别人是"弱水三千，只取一瓢"的话，那么张先便是"弱水三千，我全干了，你们随意"。

一

　　北宋享国一百六十七年，出生于宋太宗淳化元年（990年）、八十八岁高寿而终的张先熬过了半个北宋。

　　和绝大部分读书人苦心孤诣求仕途不同的是，张先一点儿也不着急，四十一岁才中进士的他，将更多的时间放在了娶妻纳妾和吟诗作词上，所以直到致仕，他也不过是一个从六品的尚书都官郎中。

　　张先出身并不高，父亲张维之所以能在历史上留下只字片语，就是因为生了这样一个才华横溢的儿子。寒门读书人老张给儿子留下了两样受益终生的法宝——长寿基因、博闻强识。

　　一方面，身体是革命的本钱，张先之所以能八十岁时仍老当益壮，他爹的长寿基因功不可没。要知道，张维活到了九十一岁，放在今天也是妥妥的高寿。

　　另一方面，张维虽然没有功名傍身，但将好读书的性格遗传给了张先。如今提起张先，大部分人都很陌生，对他有些许了解的人也只记得"一树梨花压海棠"的风月故事，但张先在宋词历史中的地位是相当高的，当时的人认为他与柳永是一时双璧，不分伯仲。

　　和柳永一样，张先也是一个无法在《宋史》中立传的人；但和柳永在风月与功名之间反复纠结不同的是，张先从一开始就奔向了尘世欢爱。

　　传闻张先在少年时就曾有过一段禁忌之恋——爱上了一个貌美的小尼姑。佛门清净，怎容得下世俗的情爱，被撞破私情的小尼姑受到了严厉的惩罚。

为了阻止这对才子佳人月下私会，小尼姑被锁在了湖心小岛的阁楼上。每到月色朦胧的夜晚，小尼姑都翻梯而下，而张先也悄然乘舟夜行。在缱绻的夜色里，这对璧人耳鬓厮磨后依依惜别。

分离之际，张先的满腹离愁都化作了那首《一丛花·伤高怀远几时穷》，其中那句"沉恨细思，不如桃杏，犹解嫁东风"当真是把比拟发挥到了极致，让后世多少闺怨有了最抵心底的共鸣。

时过境迁，这段逸事到底是确有其事，还是捕风捉影，早已不可考。但就像这段充满了绯色的故事一样，张先漫长的人生岁月里无处不是桃花开。

张先四十一岁才考中进士，那一年是宋仁宗天圣八年（1030年），那一届科举群星闪耀，和张先同科及第的还有欧阳修、蔡襄、陈希亮等名臣。

张先虽然在仕途上无甚作为，但早已蜚声词坛，以至于欧阳修第一次见到他时都颇有敬意地调侃道："这不是'桃李嫁东风'郎中吗？"因为词写得好，张先的绰号在大宋文学朋友圈中被改过很多次，每一个绰号都源于张先的名句。

张先虽为男子，但笔下的柔情即便是寻常才女也写不出来，如果他生活在现代，一定会成为受女性追捧的情感大 V。初涉词坛时，张先便以《行香子·舞雪歌云》中的那句"奈心中事，眼中泪，意中人"

而被时人称为"张三中"。

但"金句制造机"张先对"张三中"这个绰号很不满意，他更喜欢别人称他为"张三影"，这一绰号源于他的三个名句："云破月来花弄影""娇柔懒起，帘幕卷花影""柔柳摇摇，坠轻絮无影"。

作为将宋词由"小令"向"慢词"过渡的功臣，张先可谓是婉约派当之无愧的大师，他的笔下没有金戈铁马、英雄豪情，只有闺中女子的淡淡愁绪，这让当时无数女子为之倾心，渴望一睹这位蓝颜知己的真容。

事实证明，才子到哪儿都很吃香。虽然没有显赫的家世，也没有锦绣的仕途，但张先仍然过得很滋润，身边从来没有缺过佳人。对他来说，入仕后的每一次调动都是一次邂逅新人的契机。

从宋仁宗明道元年（1032 年）到宋英宗治平元年（1064 年），张先先后调动了五六个地方，三十二年间，官职始终是芝麻小官，但他妻妾成群、十几个子女承欢膝下，最大的儿子与最小的女儿年龄差了一甲子（六十年），这样的福泽绵延、子孙满堂不知羡煞多少人。七十五岁致仕后的生活，更是最被后人津津乐道的一段时光。

在张先面前，年龄仿佛不再是阻隔，他与生俱来的魅力让他和众多文士名流结为知己，其中最知名的莫过于梅尧臣、苏轼、蔡襄等。张先和苏轼相差了四十八岁，这是足以跨越两代人的年龄差，却丝毫没有妨碍张先和苏轼成为忘年交。

宋神宗熙宁五年（1072 年），因不满王安石变法而受到打压、自请外放的苏轼来到杭州做通判，此时已经八十岁的张先也寓居杭州。在此期间，他们二人走遍了杭州的山山水水，一起吟诗作赋、宴饮寻欢，看尽了杭州的风光，也邂逅了诸多美色，在一系列艳遇中写下了不少名篇，其中最为人所熟知的，便是苏轼的《江城子·湖上与张先同赋时闻弹筝》。

凤凰山下雨初晴，水风清，晚霞明。一朵芙蕖，开过尚盈盈。

何处飞来双白鹭，如有意，慕娉婷。

忽闻江上弄哀筝，苦含情，遣谁听！烟敛云收，依约是湘灵。

欲待曲终寻问取，人不见，数峰青。

西湖之上，潋滟水光之间，一叶彩舟飘过，舟上有妙龄女子抚筝，曲声悠扬，让人回味无穷。这样的画面单是想想就令人心旷神怡，而这就是张先退休后的生活常态。没有太多经世治国的抱负，也没有太多悲天悯人的情怀，张先是一个执着于经营好自己小日子的普通人，他只想在力所能及的范围内，让自己生活得更好。

宋神宗元丰元年（1078 年），八十八岁的张先在家中辞世。

辞世前，他完成了对父亲张维遗作的整理，并据此创作出了传世名画《十咏图》，让父亲也得以青史留名。弥留之际，他的妻妾和儿女都在他的身边，他走得很安详。在他离开后，大宋陷入了新旧党争的泥沼，并且越陷越深……

柳永

半生执着功名终成白衣卿相
他是千年前的现象级国民词作家

宋仁宗景祐元年（1034年），大宋帝国的权力正式回到了宋仁宗赵祯的手中。在送走了能干的养母刘太后之后，宋仁宗加开恩科，对那些屡战屡败的大龄考生给予特殊照顾，提高这个群体的录取率。

在这场恩科考试中，已在科考之路上徘徊了二十六年之久的柳永终于一朝登榜，圆了平生夙愿。但在我们这些熟知词人人生剧本的今人看来，对于当时已经名满天下的柳永来说，暮年及第是一个"鸡肋"，因为在接下来十余年的仕途中，他自始至终都是一个微末小官。

一生沉醉于秦楼楚馆、为歌妓谱曲作词、最终成为现象级国民词作家的柳永，不可能为士大夫阶层所容，但即便是那些言必称柳永作品低俗的士大夫们也不得不承认——如果没有柳永词，那宴饮会变得了然无趣。

《宋史》中并没有为柳永留下只言片语，毕竟他只不过是一个从六品上的屯田员外郎，但若论当世知名度，柳永绝对是北宋年间的顶流。

据《避暑录话》记载，当时有一位从西夏归化北宋的官员感慨："凡有井水处，皆能歌柳词。"柳郎的知名度可见一斑。

尽管求仕之路坎坷，仕途也很惨淡，但柳永出身河东柳氏这个高门世家，即便后来有所没落，父亲柳宜还是以工部侍郎的身份致仕。相较之下，柳永就一言难尽了。

大约在宋太宗太平兴国末年（984 年），柳永出生于父亲的任所费县（出生年份与出生地均存在争议），少年时代是在跟随父亲不断调任中度过的。宋真宗咸平四年（1002 年），年届弱冠的柳永辞别亲人，赴京赶考，踏上了传统读书人的必经之路。也许是从未见过烟雨繁华的江南，也许是江南风土里的温润解锁了被传统道德标准禁锢的不羁与浪漫，从到达杭州的那一刻起，柳永便深深沉醉在这缱绻多情的一城烟雨中，抛却了北上汴京博取功名的念头。

对于不到二十岁的柳永来说，和位列庙堂相比，青楼里的红颜知己更有吸引力，所以柳永选择暂歇脚步——这一待，就是四五年。这段时间应该是柳永一生中最快乐的日子，台上是婀娜多情的曼妙佳人，台下是满腹才华的鲜衣儿郎，柳永就这样整日厮混在脂粉堆里饮酒听曲，感受着来自尘世的温柔。

大约在宋真宗咸平六年（1003 年），一首名为《望海潮·东南形胜》的词突然火遍杭州城的街头巷尾，所有人都为该词的遣词造句所折服，开篇那句"东南形胜，三吴都会，钱塘自古繁华"，激起了每一个生活在这座繁华城市中的人的自豪感；而紧随其后的"烟柳画桥，风帘翠幕，参差十万人家"更是如同开了上帝视角一般，以鸟瞰的角度勾画出了杭州城的盛世豪景；再其后的内容则从最开始的宏观描写转入细节的勾勒，虚实结合，详略得当，将宋真宗年间的承平气象刻画得淋漓尽致，让所有人为之震撼。

这篇《望海潮》如果放在当下，一定是全网刷屏的爆文，即便是在信息不发达的北宋，也成为名动一时、人人争相咏颂的名篇。

这是柳永的第一次亮相。

在最无能为力的年华里，遇到最想呵护的人——这是后世无数年轻人的青春梦碎，也是千年前青年柳永的困局。羁旅杭州的四五年里，柳永遇到了心爱的姑娘，只要跟她在一起，即便是年华虚度也尽是缱绻。

但随着时间的推移，柳永不得不考虑两人的未来，纵然此刻岁月静好，但前途未卜的爱情存在太多变数。即便不舍，柳永还是收拾好行装赶赴京城，为自己博一个功名，给爱人争一个前程。

此时的柳永对自己的才华有足够的信心，他在宋真宗大中祥符元年（1008年）抵达汴京后写下了《长寿乐·平调》，其中那句"对天颜咫尺，定然魁甲登高第"可谓是意气风发，尽显鲜衣怒马的少年豪情。

但柳永不知道的是，承平日久的北宋虽然从上到下都很喜欢缱绻之词，但出于治国的需要，科考还是会对柳永式的文章进行打压。于是在大中祥符二年（1009年）的初试里，柳永毫无意外地落榜了。

"读非圣之书，及属辞浮靡者，皆严谴之。"

"属辞浮靡"是宋真宗着重强调过的科考禁忌，这分明是对柳永的精准打击，也注定了柳永落榜的次数不会只有一次。

大中祥符八年（1015 年），柳永第二次落榜，考场的失意和生活的压力让他异常窘迫，依旧是白丁的他只能在自己的词作《征部乐·雅欢幽会》中，回忆和心爱之人初见时的快乐。爱情让落魄的柳永很快振作精神，他在此词中对爱人发誓道："便是有，举场消息。待这回、好好怜伊，更不轻离拆。"

但终究还是事与愿违了。

相传柳永本该在之后的科举考试中榜上有名，但因在之前落榜时愤然写下一首牢骚词，惹得皇帝龙颜震怒，所以一次次登榜，又一次次被御笔划去名字。这首牢骚词，就是大名鼎鼎的《鹤冲天·黄金榜上》。

黄金榜上，偶失龙头望。明代暂遗贤，如何向？未遂风云便，争不恣狂荡？何须论得丧。才子词人，自是白衣卿相。

烟花巷陌，依约丹青屏障。幸有意中人，堪寻访。且恁偎红倚翠，风流事，平生畅。青春都一饷。忍把浮名，换了浅斟低唱！

"才子佳人，自是白衣卿相""忍把浮名，换了浅斟低唱"，这两句写得甚是洒脱，也甚是找死。

这首词的创作时间应该是在柳永第一次落榜后，即大中祥符年间，但在后世口耳相传的故事里，李代桃僵为宋仁宗看到新科进士名单中有柳永的名字，金口玉言道："且去浅斟低唱，何要浮名？"

正是这样一句话，让柳永成了"功名绝缘体"，他就此自称"奉旨填词"，经常出入勾栏瓦肆、茶坊酒楼，和"狂朋怪侣"朝欢暮宴，对酒流连。

宋真宗天禧二年（1018 年），这一年柳永与兄长一同科考，兄长中第，柳永第三次落榜。六年以后的宋仁宗天圣二年（1024 年），柳永第四次落榜。

年逾不惑的柳永望着一直陪在自己身边的红粉知己，百感交集，两人携手走到今日有着百般不易，柳永没有能力给爱人一个未来，爱人也没有能力再陪柳永继续耗下去，这对恋人最终分道扬镳。于是，千古名篇《雨霖铃·寒蝉凄切》诞生了。

> 寒蝉凄切，对长亭晚，骤雨初歇。都门帐饮无绪，留恋处，兰舟催发。执手相看泪眼，竟无语凝噎。念去去，千里烟波，暮霭沉沉楚天阔。

> 多情自古伤离别，更那堪，冷落清秋节！今宵酒醒何处？杨柳岸，晓风残月。此去经年，应是良辰好景虚设。便纵有千种风情，更与何人说？

全词望去，满目愁光，让人不忍卒读。就在这样的失意和落寞中，疲惫不堪的柳永乘舟而去，随性漫游，他有那么多的愁绪要讲，有那么多的故事要说。伴随着他浪迹天涯的脚步，柳永词名日隆，成了行在江湖、名传庙堂的国民词作家。

那些高高在上的士大夫一边骂着柳词尽是淫词艳曲，一边又沉醉于柳词所营造的温柔乡里无法自拔。宋人徐度在《却扫编》中记载过这样一个故事：宋徽宗宣和年间，侍郎刘季高在汴京大相国寺高谈阔论，当着满座宾客对柳词极尽诋毁之能事。宾客中有一个老宦官，是柳永的忠实粉丝，他拿出纸笔铺在刘季高面前："既然您认为柳词不好，那么就请您赋词一阕，给大家见识见识吧。"此言一出，刘季高满面羞赧，张目结舌，无言以对。

不过，并不是所有的士大夫都对柳词嗤之以鼻，作为士大夫阶层中的顶级词作大家，苏轼就十分认可柳词中的精妙之处：

"人皆言柳耆卿俗，然如'渐霜风凄紧，关河冷落，残照当楼'，唐人高处，不过如此。"

"渐霜风凄紧，关河冷落，残照当楼"是柳永《八声甘州·对潇潇暮雨洒江天》中的名句，苏轼认为唐朝文豪们所能创造出来的最高意境也就如此了。

漫游江湖、以词为生的柳永走过很多地方，每到一处便有成群的歌妓相迎，所有人都渴望柳永能为自己谱写新词，因为被柳七哥（柳永在家族中排行第七）赋予新词后，自己必定艳名远播、身价大涨。

柳永在歌妓中火到什么程度？

当时坊间流传着这样一首歌谣："不愿穿绫罗，愿依柳七哥；不愿君王召，愿得柳七唤；不愿千黄金，愿中柳七心；不愿神仙见，愿识柳七面。"

千年前的汴梁城堪称世界第一繁华都市，落第后身无长物的柳永混迹于勾栏瓦舍中，以为歌妓乐工填词为生，引得歌妓们争相包养柳永，名妓谢玉英甚至发誓"从此闭门谢客以待柳郎"。如此境遇，让柳永甚少为衣食担忧。

但没有人知道，在那些响彻天下的名篇背后，在那些纵情声色的表象背后，柳永的内心有多憋屈。他并不是真心甘作白衣卿相的，他的满腹经纶不同意他就这样沦落江湖，布衣终生。他还在坚持，直到能登榜的那一天。

宋仁宗景祐二年（1035年），柳永等到了恩科，等到了迟来多年的功名。此时他已年逾五十，早已不复当年的意气风发。在科考之路上辗转徘徊了二十六年，一朝夙愿达成，不知柳永当时是何心情。

当初陪在自己身边的爱人早已黄土白骨，当初一起诗酒快意的至交故旧也已零落失散，时间不仅带走了柳永的青春，也带走了他所熟悉的一切人与事。

人生最后的十余年，柳永作为朝廷下派各地的底层官员，每到一处皆用心为官，保民清净，为政有声，深得百姓爱戴，被称为"名宦"，以政绩给了每一个视他为异端的士大夫一记响亮的耳光。这是柳永暮年的高光时刻，也是他生命中的余晖。

宋仁宗皇祐元年（1049年），柳永转官太常博士，次年改任屯田员外郎，并以此致仕（故后世称其为柳屯田），定居润州（今江苏省镇江市润州区）。皇祐五年（1053年），柳永在清贫中与世长辞。当他去世的消息传开后，那些唱过他词的姑娘们纷纷赶到这位白衣卿相的家中，为他料理后事，大家凑钱安葬了她们的柳七哥；之后歌妓们每年春日都会到其坟前祭拜，谓之"吊柳七"。

寻常人的葬礼上只有哭泣，而柳永的葬礼上尽是传世的乐章。在轻歌曼舞中，人们仿佛又看到了数十年前那个刚到杭州的少年郎，台下的郎君高举酒杯、口中颂词，台上的妙人轻启朱唇、歌喉婉转。

继而词罢。

曲终。

人散。

宋祁

被亲哥抢走资格的真状元
新唐书的编者
通透的"红杏尚书"

宋仁宗天圣二年（1024 年），大宋帝国的新科进士名单公布在即。此时，帝国的最高权力还不在年仅十五岁的宋仁宗手里，而是被临朝称制的太后刘娥紧紧攥在手中。

看着礼部呈上来的名单，刘太后皱了皱眉，因为名单中有两个人很特殊，那是一对亲兄弟——宋庠（大宋）和宋祁（小宋），人称"二宋"，据说他们的祖先是商纣王庶兄、周武王所封的宋国国君微子启。

按照礼部诸公拟定的方案，弟弟宋祁文章出众，被初定为状元，哥哥宋庠亦是文采精华，被初定为探花。但素来注重长幼尊卑有序的刘太后思忖良久后，将宋祁的第一名改为第十名，将宋庠的探花改为状元，理由是弟弟不能排在哥哥前面。

就这样与状元失之交臂，不知小宋当时是何心境。但从往后的人生境遇来看，沉稳的大宋确实更适合混官场，无论是官职还是政治建树，宋庠都远比宋祁要高得多。

和言行举止恪守士大夫标准的哥哥相比，宋祁显得放浪不羁，他虽然丢了状元身份，但诗词造诣却是哥哥宋庠望尘莫及的。虽然身处不自由的庙堂，宋祁依旧过上了自己想要的风花雪月的生活，没有被刻板的官场束缚心性。

"一门两进士，兄弟双状元"，这是多少年才有的佳话，所以"二宋"之名很快传遍天下。在万众瞩目之下，一生放荡不羁、热爱自由的小宋开始了自己"官场菜鸟打怪升级"的仕途。

和大部分进士及第后被分到边边角角不同的是，像宋祁这样的状元之才很快就得到贵人孙奭的提携，从最开始的复州军事推官，一路升为太常博士，同知礼仪院。

从踏入政坛之日起，宋祁便一直处于官运亨通的状态，每一次调任都是向上的态势，但这并不仅仅因为贵人们看中了宋祁"无冕状元"的身份，更因为宋祁是一个具有真才实学的全能好门生。

据《宋史·宋祁传》记载："祁兄弟皆以文学显，而祁尤能文，善议论。"这句话说明小宋文高一筹，在同知礼仪院期间，他还玩了一回"顾曲周郎"，修正整理了宫廷旧乐中乐理不通的歌曲，这完全是严肃刻板的宋庠所不能及的。

可如果我们就此将宋祁定义为一个只知风花雪月的"躺平官员"，那就大错特错了。其实小宋一直胸有烈火、为国为民。他迁任尚书工部员外郎，权三司度支判官，到任后受到了巨大的心灵震撼。

我们先来科普一下"三司度支判官"是怎样的官职。按照宋朝官员级别来划分的话，三司度支判官只是从六品，但它是典型的"官小权大"。《旧唐书·职官志二》有这样的记载："掌判天下租赋多少之数，物产丰约之宜，水陆通途之利。每岁计其所出而度其所用，转运征敛送纳，皆准程而节其迟速。"

宋朝的度支判官，与唐朝的度支判官职能大致相同，主管国家一切用度明细。换言之，度支判官比任何人都了解国家的虚实。这是一个相当重要的职位，许多位高权重的人物都曾担任过此职，其中最为人所熟知的，便是主持熙宁变法的王安石。

宋祁所处的时代，前有章献明肃皇后刘娥执掌天下，后有宋仁宗统御九州，国泰民安、经济繁荣，正处于王朝的巅峰。但宋祁并没有被繁华的表象迷醉了眼，恰恰相反，当他来到度支判官这一位置上时，便敏锐地发现了繁华背后的巨大隐患。

宋仁宗宝元二年（1039 年），距离王安石进士及第还有三年，在所有人都陶醉于盛世的承平日久、海晏河清时，宋祁上了一道足以让他彪炳史册的奏疏。

在宋祁的奏疏中，他提出了著名的"三冗三费"，即"冗官、冗兵、冗僧道"和"道场斋醮太费、京师寺观太费、使相节度太费"。时年四十三岁的他既一针见血地指出了帝国的症结所在，也对症下药地给出了解决办法。那些附庸风雅的士子、空谈误国的官员，丝毫不能与这位务实的改革先驱相提并论。

如果宋仁宗能听进宋祁的话，开始着手推行相关改革措施，也许面临的压力和挑战会比熙宁变法时宋神宗和王安石所面临的要小很多；如果宋祁能活到宋神宗熙宁二年（1069 年），王安石肯定会在变法前拜访请教这位老前辈，变法在具体实行时，措施或许会更切合实际一些。

宋祁提出"三冗三费"这帝国六大沉疴时，是宝元二年，四年之后的庆历三年（1043 年），在宋仁宗的支持下，范仲淹、富弼、韩琦等人开始了著名的庆历新政，将矛头直指"冗官、冗兵、土地兼并"这三大痼疾。

遗憾的是，宋仁宗是一个合格的守成之主，却不是一个坚定的变革之君。本可以让北宋浴火重生的庆历新政只坚持了一年便宣告夭折，所有支持变法的官员都受到牵连，或降职或贬谪，为后来的积重难返埋下了伏笔。

彼时的宋祁虽然在仕途上渐入佳境，但他的内心或许并无喜悦。敢于在盛世时直言进谏、直刺沉疴，说明他对这片土地和生活在其中的人们爱得深沉。他明明诊出了病灶，但自己极度关心的"病人"却讳疾忌医，而自己又无能为力，只能眼睁睁地看着她病入膏肓，这是宋祁最痛苦的地方。更令宋祁感到尴尬的是，哥哥宋庠是出了名的保守派，对于庆历新政深恶痛绝，这也导致宋祁遭遇了人生第一次贬谪。

这里不得不为宋祁叫屈：自己的状元身份被莫名其妙地给了哥哥也就罢了，哥哥因抵触变法而遭贬谪，害得弟弟也一同被贬出京。所幸庆历新政只维持了一年，当初那个带头唱反调的宋庠以胜利者的姿态重返朝廷，连带着倒霉蛋宋祁也得以一起返京。

回京后，宋庠升任枢密使，而宋祁升任龙图阁学士、史馆修撰，同时奉皇帝的诏令，同欧阳修合著《唐书》。和在朝堂中尔虞我诈相比，著书立史才是宋祁的强项。在此后的十七年间，无论他的官职如何变动，编修《唐书》都是他最重视的工作。

但与此同时，关于宋祁的非议，也在他编修《唐书》的这段时间里传了出来。

"二宋及第"是仁宗朝的一段佳话，这对出身寒门的兄弟在最饥饿时，以典当东西度日。随着他们的官职越来越高，生活也愈加优渥。

哥哥宋庠依旧保持着清贫时的作风，他诠释了一个传统士大夫该有的形象：不慕名利，清心寡欲，克己复礼；而弟弟宋祁在富贵后便日日饮酒作乐，即便在编纂《唐书》期间也要红袖添香在侧。

弟弟的行为在哥哥看来，无异于自甘堕落。《钱氏私志》记载了这样一个故事：一个上元夜，宋庠在书院内读《周易》，听闻弟弟在府邸内"点华灯，拥歌妓，醉饮达旦"，不禁心生恨铁不成钢之感，便派仆人传话道："相公寄语学士，闻昨夜烧灯夜燕，穷极奢侈，不知记得某年上元同在某州州学内吃齑煮饭时否？"

宋庠的意思是："弟弟你现在如此骄奢淫逸、铺张浪费，难道忘了我们当初一起在州学里寒窗苦读、划粥断齑的苦日子了吗？"一言以蔽之，宋庠这是在怪宋祁忘记了初心。

安于享受佳肴珍馐、歌舞美色的宋祁毫无愧色，笑着请仆人传话："却须寄语相公，不知某年同某处吃齑煮饭是为甚底？"

宋祁的意思是："请问哥哥，我们当初寒窗苦读、划粥断齑是为了什么？"一言以蔽之，宋祁认为坚持初心和享受生活并不冲突。

从这个故事中，我们可以看出宋氏兄弟的性格差别。宋祁不是固守传统的士大夫，在他的心里，一丝不苟地工作与潇洒快意地生活是可以兼得的，二者并不是相互违背的关系。

才学给宋祁带来的不只有名气，还有偶像剧般的爱情。初涉官场的宋祁风流倜傥、才名远播，他路过繁台街时偶遇皇家车驾，正当他低头退到一边时，只听一声清脆悦耳的声音传出："小宋学士！"

宋祁抬头望去，隔着重重仪仗，一位妙龄宫女对着他莞尔一笑，一眼万年。这梦幻般的邂逅，让宋祁神魂颠倒，他不敢上前追问姑娘的芳名，只能将满腹相思写进《鹧鸪天·画毂雕鞍狭路逢》。

画毂雕鞍狭路逢，一声肠断绣帘中。身无彩凤双飞翼，心有灵犀一点通。

金作屋，玉为笼，车如流水马如龙。刘郎已恨蓬山远，更隔蓬山几万重！

在这首词中，宋祁直接引用了李商隐的名句"身无彩凤双飞翼，心有灵犀一点通"；末尾一句化用了"刘郎已恨蓬山远，更隔蓬山一万重"，只是将"一万重"改为了"几万重"，将自己相思却不得见的痛苦倾诉得如抚胸泣血、令人闻之断肠——正在经历异地恋的小伙伴肯定感同身受。

这首寄托了青年翘楚相思之苦的《鹧鸪天·画毂雕鞍狭路逢》很快便在汴京城里流传开来，最终传入大内官家的耳中。仁厚的宋仁宗得知宋祁正在为情所困，便一边命人在那日仪仗的随行宫女中寻找那名女子，一边传小宋火速进宫。

"看上内宫女子"一事可大可小，往大了说是觊觎皇帝的女人，往小了说是痴男怨女的一时情动。当宋祁奉命入宫面圣，被宋仁宗问及此事时，吓得跪倒在地，但宋仁宗却笑着说了一句："蓬山不远。"谈笑之间，成全了这对才子佳人。

因词而抱得美人归，这种事情只可能发生在宋祁身上；同样的场景，换作是宋庠的话，即使皇帝愿意成全他，他也只会战战兢兢地谢恩推辞，甘愿错过自己的爱情。

四

宋仁宗嘉祐五年（1060 年），历时十七年编纂的《唐书》终于完成了，宋祁也从倜傥中年变成了鬓发斑白的六旬老人。和同时代的文人相比，宋祁的一生算是"上上大吉"：于作官，他青年及第后就一路高升，虽然偶有贬谪，但最终位列二品大员；于作文，他与欧阳修等人合著完成了《唐书》这一鸿篇巨制，更有千古名句流传后世。人生至此，夫复何求？

寻常人的晚年，大多在感慨"日暮苍山远"，但宋祁纵然年华老去，内心却依然涌动着对世间与生活的热爱。他在晚年写下了那首千古名词《玉楼春·春景》，一句"绿杨烟外晓寒轻，红杏枝头春意闹"，让他获得了"红杏尚书"的雅号。这一巧到极致的拟人手法，将千年前的烂漫春光完美复刻，隔着如水光阴重现于我们眼前。

但比起"绿杨烟外晓寒轻，红杏枝头春意闹"，我更爱该词的最后一句："为君持酒劝斜阳，且向花间留晚照。"已到人生暮年的宋祁没有闲暇去感慨年华老去，他依然兴致勃勃地端起酒杯，对着夕阳高声邀请道："夕阳啊夕阳，请你留下来吧，将光芒播撒在这些晚花之上！"

宋仁宗嘉祐六年（1061年）三月，宋祁病逝于汴京城。临终之际，他做了两件事。

于国，他上了自己的最后一份奏疏，劝已不再盛年的宋仁宗立宗室子弟为太子，并留下了完美的继承人法则。遗奏曰："陛下享国四十年，东宫虚位，天下系望，人心未安。为社稷深计，莫若择宗室贤材，晋爵亲王，为匕鬯之主。若六宫有就馆之庆，圣嗣蕃衍，则宗子降封郡王，以避正嫡，此定人心、防祸患之大计也。"

于家，他不准厚葬，不准子孙编纂整理自己的文章，不准后代为自己请封谥号，自写墓志铭及《治戒》以授其子："三日敛，三月葬，慎无为流俗阴阳拘忌也。棺用杂木，漆其四会，三涂即止，使数十年足以腊吾骸、朽衣巾而已。毋以金铜杂物置冢中。且吾学不名家，文章仅及中人，不足垂后。为吏在良二千石下，勿请谥，勿受赠典。冢上植五株柏，坟高三尺，石翁仲他兽不得用。"在宋祁看来，自己文章平平，为官也不出众。

交代完毕后，这位被诟病私生活不检的"红杏尚书"安详离世，享年六十四岁。

写完宋祁的人生故事后，我突然爱上了这个身上充满了人间烟火气的不羁才子——于工作认真负责，于生活永葆热爱，从容不迫地迎接生命里的每一场山海。这是宋祁的故事，也是我们平凡人的理想生活。

秦观

成也苏轼，败也苏轼

风流不见秦淮海，寂寞人间五百年

宋哲宗元符三年（1100 年），已见颓势的大宋帝国送走了励精图治却天不假年的宋哲宗赵煦，迎来了除了做皇帝外样样拿手的宋徽宗赵佶，为靖康之耻的爆发埋下了祸根。

新帝登基，大赦天下，曾因新旧党争而遭贬黜的官员纷纷接到了官职变迁的调令。此时，被贬雷州（今广东省雷州市）、受到当地官员严加约束的大词人秦观也迎来了自己的机会——起复为宣德郎，放还横州（今广西壮族自治区南宁横州市）。

这样的升迁调令对于已经五十一岁且体弱多病的秦观来说，已经毫无意义，但作为自己惨淡政治生涯罕见的亮色，秦观还是拖着病入膏肓的身体踏上了归程。遗憾的是，历史没有给秦观大展宏图的机会，只给了他一个诗文大家该有的体面结局。

当年八月，行至藤州（今广西壮族自治区梧州市藤县）时，秦观游历光华亭，因口渴而向路人讨水喝。等路人将水送到他面前的时候，这位几乎一生都在被贬谪的大词人望着那一碗清冽的水，含笑而逝，结束了自己极尽失意的人生。

秦观的离去，对于风雨在即的北宋来说毫无波澜，毕竟像他这样的芝麻小官多如草芥；但对于当时的词坛来说，秦观的辞世无异于一场地震，他的恩师苏轼得知噩耗后心中大恸："少游不幸死道路，哀哉！世岂复有斯人乎！"

能让豁达乐天的苏轼说出如此悲痛之言，秦观这个名字足以光耀史册了……

时光飞逝，五百多年的风雨打过，王朝也从宋几经辗转到了清。大诗人王士禛夜泊高邮（今江苏省高邮市）时辗转难眠，他的耳畔尽是雨落在舟篷上的沙沙声。满怀愁绪的王士禛想起了秦观，那个消散于五百多年前的伟大灵魂，于是他发自内心地感慨了一句："风流不见秦淮海，寂寞人间五百年。"

无论是苏轼说的"少游已矣，虽万人何赎"，还是王士禛说的"风流不见秦淮海，寂寞人间五百年"，都意在说明：秦观在世时，北宋词坛无人能遮掩他的光芒；秦观辞世后，五百年间再无一人能承袭他的风韵。

提及秦观，我们对他的人物勾勒定格在他意气风发的青年时代，那时的他写出了"两情若是久长时，又岂在朝朝暮暮"这样为世间的痴情儿女道尽相思之苦的名句。

但其实秦观的人生鲜少有浪漫，更多的是愁苦和愤懑，是怀才不遇的苦楚和颠沛流离的困顿。

出生于宋仁宗皇祐元年（1049 年）的秦观虽无显赫家世，但从他自幼就饱览群书且文采斐然这一点来看，秦观应该来自高邮的书香小富之家，至少不用为了生计而疲于奔命。

年少的秦观一定是高邮街头的鲜衣少年，史书形容他"少豪隽，慷慨溢于文词"。据说他为人豪迈、容颜出众，出口便是锦绣词章，举手投足间散发着贵公子的无上风华。

宋神宗熙宁十年（1078年）是秦观人生的分界线，在此之前的他是无忧青年，纵情游弋于江湖，将书中所学与途中所见一一印证，真正做到了知行合一；熙宁十年，秦观见到了人生偶像苏轼，他的人生也因苏轼人生的起落而被改写。

熙宁年间的苏轼正处于流年不利的人生低谷，因为反对王安石变法，他遭受到了前所未有的政治压力，不得已自请出京，转任地方。熙宁十年，苏轼自密州（山东省密州市）移知徐州，秦观前往拜谒，写诗道："我独不愿万户侯，惟愿一识苏徐州。"

秦观的这句诗，有没有令你想到李白《与韩荆州书》的"生不用封万户侯，但愿一识韩荆州"？献赋谋仕的李白写给荆州刺史韩朝宗的这封自荐信，最终石沉大海；但苏轼对于秦观的提携与举荐却是实实在在的。

细细读过秦观的词作后，苏轼意识到大宋词坛即将崛起一颗新星，他对于秦观不吝赞美，以"屈宋之才"来形容其文采，还勉励秦观在科举之路上继续走下去，因为苏轼知道秦观中举只是时间问题。

得到偶像的认可，让秦观倍感振奋，他更加发奋地精研学问，纵然两次落榜，也没能浇灭他内心的熊熊烈火。而贵人苏轼一有机会便"实名点赞"秦观，甚至跑到曾经害得自己自请外放的王安石面前推荐秦观，后来又专门写了一封《上荆公书》，信中有一段这样写道："才难之叹，古今共之，如观等辈，实不易得。愿公少借齿牙，使增重于世，其他无所望也。"

为了秦观，苏轼可以说是煞费苦心，他不断地在王安石面前强调秦观是难寻的才子，希望能借王安石的影响力来提携一下秦观。冷面如王荆公这样的人物，在读完秦观的诗词后，也不禁称赞一句"清新似鲍、谢"。

有了这两位文坛大 V 的实名推荐，秦观终于在宋神宗元丰八年（1085 年）及第，此时他已经四十一岁了。虽然只被授予定海主簿、蔡州教授这样的微末小官，但总算是有功名在身了。

有亦师亦友的苏轼在前提携，按说秦观的仕途应该会"低开高走"，所以年过不惑的秦观虽然仕途起步晚，但当时内心一定充满了希望和斗志。

故事的一开始，也确实如此。在苏轼的举荐下，秦观在翌年便成为太学博士，而后又升任秘书省正字，兼国史院编修官，在朝廷掌管编修例册。

再然后，秦观的人生便从和风细雨转入了暴风骤雨……

毫无疑问，苏轼是秦观人生中的贵人，没有他，秦观可能终其一生都无法金榜题名，更不用说在人才辈出的北宋文坛占有一席之地。但成也苏轼，败也苏轼，秦观后半生的接连贬谪和颠沛流离，都源于这位"口无遮拦"的贵人；而苏轼的悲剧则源于王安石变法。

王安石变法毫无疑问是一次意义深远的改革尝试，但由此引发的新旧党争也荼毒了大宋庙堂数十载，改变了无数人的命运。支持变法的人被称为"元丰党人"，即新党；反对变法的人被称为"元祐党人"，即旧党。

苏轼是旧党成员，但他不是一个典型的旧党人物，他与司马光这种绝对的保守主义者不同的是，他反对变法只是因为其中一些做法操之过急，在执行过程中不顾实际情况。

宋神宗驾崩后，年幼的宋哲宗即位，宣仁太后高氏（宋神宗之母高滔滔）被尊为太皇太后，临朝称制。司马光强势回归，全面废除新法。就在旧党"翻身农奴把歌唱"的时候，苏轼又为变法辩白，认为全面废除新法也是失之偏颇的。

有一天，苏轼在家里吃过午饭，抚摸着微微发福的肚皮散步消食，随口问一旁的侍女们："你们说说看，这肚子里装的都是些什么？"一个侍女答曰："是满腹文章。"苏轼不以为然。另一个侍女答曰："是满腹机智。"苏轼也摇头不语。最能理解苏轼的侍妾王朝云笑道："学士您啊，是一肚子的不合时宜。"苏轼捧腹大笑，赞道："知我者，唯有朝云也！"

于是，"不合时宜"的苏轼同时遭到了新旧两党的排挤。作为他的门生，秦观也遭受了池鱼之灾，开始了近十年的颠沛流离。

苏轼有很好的粉丝基础，又有兄弟和好友们的轮番搭救，再加上与生俱来的乐天性格，即便被贬到蛮荒烟瘴之地，也可以置之死地而后生。

但秦观就不一样了，他一没有显赫家世，二没有强大外援，三没有政治资本，于是动不了苏轼的政敌们便对秦观进行了疯狂的迫害。

这世间只有一个苏轼，也只有他这样的人才能对贬谪带来的苦难甘之如饴。秦观显然没有这份洒脱，他甚至没有黄庭坚的处变不惊，贬谪的打击就像铁锈般一点点地腐蚀着这位曾经"豪隽"的青年，让他在现实面前渐渐地低下了头。

绍圣元年，垂帘八年之久的仁宣太皇太后高氏薨逝，早就对旧党不满的宋哲宗开始了大清洗，旧党人物纷纷被贬黜，新党卷土重来。

作为旧党成员苏轼的门生，从宋哲宗绍圣元年（1094 年）到宋哲宗元符二年（1099 年），秦观被五年四贬，从收取酒税的市场小吏沦为被当地官员特别监管的赋闲人员。这五年间，秦观先后更换了五个贬谪地，从杭州到雷州，从繁华到荒芜，从心存踌躇到心如死灰……

新党对秦观的政治迫害已经到了无以复加的地步，他甚至因为抄写佛经而被贬黜，这样的"欲加之罪，何患无辞"让秦观不知道自己还能干什么、说什么、写什么。百病缠身、万念俱灰之下，秦观给自己写下了挽词，末尾那句"亦无挽歌者，空有挽歌辞"道尽了孤独与落寞。

元符三年（1100 年），宋徽宗登基后大赦天下，被准予回到衡州

（今湖南省衡阳市）的秦观于当年六月，与从儋州北归的苏轼在海康（位于今广东省雷州市）重逢了。

苏轼还是那个笑嘻嘻的生活家，但秦观却成了心如枯槁的老朽。

六十四岁的苏轼不懂五十二岁的秦观为何如此惆怅，这次久别重逢并没有激动与喜悦，有的只是人到暮年的感慨与沧桑。苏轼不知道的是，这次分别，就是和秦观的永别，他还畅想着在未来的日子里至少可以与秦观时常书信往来，却不知这位比自己小十二岁的门生即将走到生命的终点。

从秦观宁愿被贬到天涯海角，也不肯对苏轼泼脏水的行为来看，他对于这位恩师一定是感激多过埋怨的。如果秦观知道结识苏轼的代价是余生遭放逐的话，他还会在熙宁十年舟车劳顿地赴徐州拜谒苏轼吗？

历史没有"如果"，人生也不会有"假如当初"。

暮年与苏轼重逢，百感交集的秦观写下了《江城子·南来飞燕北归鸿》。

> 南来飞燕北归鸿，偶相逢，惨愁容。绿鬓朱颜重见两衰翁。别后悠悠君莫问，无限事，不言中。
>
> 小槽春酒滴珠红，莫匆匆，满金钟。饮散落花流水各西东。后会不知何处是，烟浪远，暮云重。

秦观对于恩师的临别寄语都在这首词里了。

他说，"别后悠悠君莫问，无限事，不言中（此去一别，悠悠世事尽在不言中）"。

他还说，"后会不知何处是，烟浪远，暮云重（此后相逢，便不知何时何地了）"。

苏轼没有意识到这是秦观与自己的诀别词，他甚至笑着调侃秦观已经参透了老庄的生死之道。

苏轼以为自己读懂了秦观，而秦观呢？他继续被禁锢在自己的孤独里，在与苏轼离别后仅两个月，便带着世间无人能懂的孤寂溘然长逝，只留下一个让后人无限唏嘘的生平，以及一首让古今无数爱情诗词都为之逊色的《鹊桥仙》。

贺铸

悼亡词直追苏轼，豪放词比肩辛弃疾

我很丑，但我很温柔

宋徽宗宣和七年（1125 年），北宋已经到了大厦将倾的时刻，朝野上下陷入了前所未有的恐慌。当年十月，金人灭辽后，主力部队兵分两路，直指大宋国都汴京，被吓得魂不守舍的宋徽宗赵佶临阵甩锅，于当年十二月将皇位匆匆传给儿子，也就是宋钦宗赵桓。

而后被《永乐大典》称为"耻莫大焉"的靖康之变爆发，百余年繁华堆砌的汴京城自此落寞，《清明上河图》的风光绝迹于历史的烟尘之中。

同样是在宣和七年，大宋还发生了一件听上去微不足道的小事——一个穷困潦倒的老者病逝于常州的某间简陋的僧舍里，享年七十四岁。

这位老者名叫贺铸，字方回，号庆湖遗老，他是唐朝大诗人贺知章的后人，也是宋太祖赵匡胤的贺皇后的族孙，一生从武到文，有着宗室的高贵、武将的豪气、文人的柔情，却最终沦落到靠卖地勉强过活的地步。

（一）

王国维先生曾对贺铸有过这样的评价："北宋名家，以方回为最次。其词如历下、新城之诗，非不华赡，惜少真味。"在王国维先生看来，贺铸的词在北宋诸名家中不算上品，但若论能将儿女情与英雄气完美地融合于作品之中的词家，有宋一代能像贺铸这般的，寥寥无几。

虽然贺铸祖上"最粗的大腿"可以追溯到与宋太祖青梅竹马的孝惠皇后贺氏，但人走茶凉，自古皆然。作为贺皇后的族孙，贺铸出生的那一年已是宋仁宗皇祐四年（1052 年），距离贺皇后薨逝已经过去了九十四年，况且皇位传承也因为"烛影斧声"事件而从宋太祖一系转到了宋太宗一系，开国皇帝的中宫皇后所能带来的荫庇几乎可以忽略不计。

和一般士子焚膏继晷以求金榜题名不同的是，贺铸最初给自己规划的人生是做一个武人。他十七岁时离开家乡，前往汴京，顺利地取得了大宋公务员编制，当上了右班殿直。

右班殿直在宋神宗元丰年间被改制为正九品保义郎。换句话说，年未弱冠的贺铸就是一名正九品的体制内人员了，虽然品阶不高，但开局还不算差。

宗室子弟自带的优越感，让贺铸不甘心只做一个寂寂无名的底层武官，他想要去更高的平台展现自己的才干；而现实中，贺铸却没有什么背景可倚仗。在理想与现实的巨大落差下，贺铸逐渐变成了一个桀骜不驯、缺乏政治敏感度的官场刺头。

《宋史·贺铸传》对贺铸的为人这样评价道："喜谈当世事，可否不少假借，虽贵要权倾一时，小不中意，极口诋之无遗辞，人以为近侠。"意思是，贺铸是一个侠客式的人物，他喜欢谈论世事，即便面对豪门权贵，只要所作所为不符合他的心意，他也定会当场痛斥。

习惯了被巴结逢迎的权贵，不可能给这样一个脾气火爆的"边缘化皇亲"向上爬的机会，所以从宋神宗熙宁二年（1069 年）到宋哲宗元祐三年（1088 年）的近二十年时间里，处于最好年华的贺铸只能在一些低微的武官职位上虚度光阴。一心想要为国尽忠、建功立业的他，终究错付了一片碧血丹心。

二十年的岁月蹉跎，唯一让贺铸回顾往昔时能嘴角泛笑的，也就是他在徐州担任宝丰监钱官的那段时光了。

贺铸活跃的时期，大宋词坛除了有以苏轼为代表的豪放派和以柳永为代表的婉约派群星闪耀之外，地方诗词社团也呈现雨后春笋的态势，其中尤以贺铸组建的彭城诗社最具代表性。

这类地方诗词社团丰富了诗词的内容和形式，还给宦游在外、郁郁不得志的文士们以心灵的慰藉。直到贺铸逝去九百年后的今天，彭城诗社仍然在该地区发挥着文化凝聚的价值。

但对于贺铸而言，彭城诗社只能算是那二十年晦暗时光里的零星微光。仕途的失意和人生的挫败在贺铸的心头不断交织，最终酝酿出了那首千古名篇《六州歌头·少年侠气》。

> 少年侠气，交结五都雄。肝胆洞，毛发耸。立谈中，死生同。一诺千金重。推翘勇，矜豪纵。轻盖拥，联飞鞚，斗城东。轰饮酒垆，春色浮寒瓮，吸海垂虹。闲呼鹰嗾犬，白羽摘雕弓，狡穴俄空。

乐匆匆。

似黄粱梦，辞丹凤；明月共，漾孤蓬。官冗从，怀倥偬；落
尘笼，簿书丛。鹖弁如云众，供粗用，忽奇功。笳鼓动，渔阳弄，思
悲翁。不请长缨，系取天骄种，剑吼西风。恨登山临水，手寄七
弦桐，目送归鸿。

《六州歌头·少年侠气》作于宋哲宗元祐三年，这一时期的北宋
还算太平，虽然宋哲宗冲龄践祚，但他有个被称为"女中尧舜"的好
奶奶——宣仁太皇太后高滔滔。

前面曾聊到过，赵宋的官家们选媳妇的眼光那叫一个精准，宋朝
出了好几位杰出的女政治家，前有章献太后刘娥，后有宣仁太皇太后
高滔滔，垂帘听政期间，都将国家治理得井井有条，但高滔滔自身存在
一个很严重的问题——她是一个坚定的保守派。

一个王朝的灭亡，是诸多因素共振的结果。在导致北宋灭亡的众
多因素中，新旧党争绝对是影响重大且深远的一个。对于北宋党争的
激化，高滔滔有推卸不掉的责任。

高滔滔的儿子宋神宗是一位锐意改革的皇帝，在他的支持下，王
安石推行了激进的熙宁变法；宋神宗驾崩后，高滔滔垂帘听政，起用
保守派人士司马光，全面废除新法；宋哲宗亲政后，出于对祖母和保
守派不尊重自己的报复，他扶持改革派重新上台，严厉打击保守派。
这样的循环往复，导致朝野陷入了无休止的党争。

贺铸的《六州歌头·少年侠气》，正是作于王安石变法被废止、保守派全面把持朝政的时间点。同时，宋夏之战中宋军惨败，宋朝恢复了向西夏缴纳岁币的政策。

彼时贺铸正在和州（今安徽省马鞍山市和县）任管界巡检——一个人微言轻、事多钱少的低级武官，但向来以家国为重的他一直秉持"位卑未敢忘忧国"的信念，在自身落魄失意和国家屈辱求和的愤懑交织下，三十七岁的贺铸完成了自传性质的《六州歌头·少年侠气》。

写这首词时，我想贺铸一定饱含热泪，但他的泪水与其说是失望，不如说是壮志难酬。有宋一代，吟风弄月的词作太多，但如《六州歌头·少年侠气》这般侠气纵横的词实在太少。

《六州歌头·少年侠气》的上阕是贺铸对自己前半生的回顾：年少时的他意气风发、鲜衣怒马，带着勃勃雄心来到汴京。他疾恶如仇，路见不平，拔刀相助；他快意恩仇，牵黄擎苍，游戏人间。奈何如斯畅快的时光太短，转眼之间便年华老去，当初意气风发的少年郎也变成了心如死灰的落魄中年。

下阕则是贺铸对自己内心世界的剖析：胸怀杀敌报国之心，却只能做一个被烦琐文书所累的微末武官；眼见边境再次狼烟四起，国家不得不再次屈从于敌邦的不平等条约之下，自己文武双全却遭权贵排挤，报国无门，只能空叹流云落花。

《六州歌头·少年侠气》的一百八十二个字所包含的，是贺铸的人生理想逐渐走向破灭的全过程，也是一个普通人逐渐接受现实的全过程——没有那么多的奇遇，也没有那么多的机会，只有无限的唏嘘与感慨。

随着《六州歌头·少年侠气》在庙堂与江湖之间传颂开来，不少文臣墨客被其中所饱含的深情所打动，算不上词坛顶流的贺铸走进了朝廷重臣的视野里。

就在贺铸被困于和州、整天在烦琐文书中焦头烂额的时候，一道让他由武职转为文职的调令拯救了他。在时任宰相的李清臣的帮助下，贺铸被调为通判泗州。在重文抑武的大环境下，贺铸能从武转文，从某种意义上讲，算是一种升迁。

遗憾的是，即便进入文官序列，贺铸依然没能得到重视。就像是前二十年只能在低阶武官的队列里徘徊不前一样，后二十几年中，贺铸也只能在闲职文官的群体中消磨抱负。究其原因，《宋史·贺铸传》中有一句话一针见血："竟以尚气使酒不得美官，悒悒不得志。"

贺铸不懂官场上的人情世故，他永远是那个敢于向权贵开炮的人。为此，无比渴望大展拳脚的他在无情的现实面前，再次碰得头破血流，他不得不再次将自己麻痹于酒中。这一次，他彻底放弃了。

宋徽宗大观三年（1109年），六十八岁的贺铸以承议郎的身份致仕，而后一直寓居苏州，他将人生中最后的时间都用在了整理书稿和校对文章上。远离官场后，那个火药味十足的贺铸消失了，取而代之的，是一个内心归于平静的老者。唯一令晚年的贺铸动容的，只有妻子的离去。

贺铸长得很丑——是的，我们可以直接用"丑"这个字眼来形容他，甚至可以毫不客气地加个"很"字。由于貌丑，贺铸喜提"贺鬼头"的绰号。但就是这样一个颜值极度不在线的男人，却在少年时遇到了一生所爱。贺铸的夫人也是一位出身宗室的女子，却甘愿跟着郁郁不得志的丈夫颠沛流离，过着清贫的生活，最终在陪伴贺铸寓居苏州时溘然长逝。

易得无价宝，难得有情人。年近七旬的贺铸失去了在人世间的最后留恋。面对物是人非的凄凉，贺铸写下了那首著名的悼亡词《鹧鸪天·重过阊门万事非》。

> 重过阊门万事非，同来何事不同归。梧桐半死清霜后，头白鸳鸯失伴飞。

> 原上草，露初晞。旧栖新垅两依依。空床卧听南窗雨，谁复挑灯夜补衣。

有人说这首悼亡词足以媲美苏轼的《江城子·乙卯正月二十日夜记梦》。苏轼道的是"十年生死两茫茫，不思量，自难忘"的心酸苦楚，而贺铸叹的是"重过阊门万事非，同来何事不同归"的天人永隔。

贺铸败了，败给了现实，也败给了时间。

自此以后，贺铸变得缄默不言，将所有情感寄托于词中，于是百般思量、千般愁绪凝成了那首《青玉案·凌波不过横塘路》。

> 凌波不过横塘路，但目送、芳尘去。锦瑟华年谁与度？月桥花院，琐窗朱户，只有春知处。

飞云冉冉蘅皋暮，彩笔新题断肠句。试问闲情都几许？一川烟草，满城风絮，梅子黄时雨。

贺铸的愁绪里包含着什么呢？我想有一生的壮志难酬、挚爱的生离死别，还有大宋繁华弹指碎的悲愤。

宋徽宗宣和七年，七十四岁的贺铸病故于常州的一间简陋僧舍中。两年后的靖康二年（1127 年），徽、钦二帝并宗室、大臣等三千余人被金兵押送北上，北宋灭亡。

是夜，昔年的帝都皇城化为焦土，那个让贺铸忧思一生的大宋王朝的上半阕故事，也在生灵涂炭中草草收笔。

周邦彦

爆文出道的婉约派集大成者
被称为"词家之冠"的大宗师

宋神宗元丰六年（1083 年），汴京皇城迩英阁，时任翰林学士的李清臣正捧着一篇锦绣文章局促不安，他时不时地将目光扫向站在台下的年轻人，心里尽是"后生可畏吾衰矣"的紧张感。

那篇文章名为《汴都赋》，因为其中包含了大量恰如其分却又晦涩难懂的古文奇字，即便是李清臣这样的博学之人，也只能靠读偏旁部首来揣测大意。

这位李清臣是何许人也？翻开他的履历，满眼皆是"光环"："七岁知读书，日诵数千言""欧阳修壮其文，以比苏轼""徽宗立，为门下侍郎"……

但就是这样一位被欧阳修实名点赞、能比肩苏轼、后来位极人臣的大宋宰相，在面对《汴都赋》的作者时，也不得不甘拜下风。而《汴都赋》的作者也用实力让李清臣明白——虽然都被称为天才，但天才也是分三六九等的。

《汴都赋》的出现，震撼了朝野上下，所有人都知道太学诸生中有一个叫周邦彦的年轻人很有才华。这样一篇奇文，让周邦彦受到了宋神宗的赏识，由此开始了仕途逐浪。

一

周邦彦不是普通的读书人，因为他的入仕方式不可复制，当其他人还在寒窗苦读的时候，年轻的周邦彦已经靠着《汴都赋》这篇爆文成为正九品太学正。纵观两宋，科举入仕的人不少，但依靠爆文入仕的，真真是凤毛麟角了。

年轻时的周邦彦身上充满了矛盾性，一方面"疏隽少检，不为州里推重"，另一方面"博涉百家之书"。应该说，小周是一个让人又爱又恨的年轻人，在私生活放荡不羁的同时，居然又能博览群书，将浪子的风流与才子的博学奇妙地融合在了一起。

天水一朝，读书人的地位得到了空前的提高，皇家变着法地给读书人提供方便。比如发生在元丰二年（1079 年）的太学生扩招，就帮助因风评不好而无法参加科举的周邦彦解决了编制问题。

作为官学首府的太学，几乎收揽了大宋帝国所有的骄子，并非官宦子弟的周邦彦身处其中却毫不逊色。"是金子在哪儿都会发光"这句话用在周邦彦身上是再合适不过的。很快，神作《汴都赋》就改变了他的命运。

我反复强调《汴都赋》，是因为这篇文章与周邦彦日后的政治境遇息息相关。很多人不理解这篇文章的重要性，准确地说，周邦彦就是靠着这篇文章先后得到了宋神宗、宋哲宗和宋徽宗三位皇帝的眷顾，当之无愧的"一赋而得三朝之眷"。

被皇帝亲自提拔为太学正，这样的仕途起点让周邦彦一跃成了名流，才华横溢的他开始了自己"勤于词工"的文学事业，这一干，就让他成了两宋婉约派的集大成者。

成为太学正的那一年，周邦彦才二十八岁，但在那之后的五年时间里，周邦彦就像是被遗忘般再也没有任何升迁。从史书的字里行间去品读，我们就可以找到让周邦彦止步不前的原因。

元丰八年（1085 年）三月，接受不了两度败于西夏的宋神宗猝然晏驾，接下来就是前文反复提及的新党与旧党之间的相互清算，看似和新旧党争毫无瓜葛的周邦彦也受到了波及，因为那篇改变他命运的《汴都赋》里，满满都是周邦彦对熙宁变法的支持与赞美。

一个正九品的小官还不足以被保守派作为典型来打击，但在保守派全面得势的时候，倾向变法的周邦彦也不可能得到任何升迁，所以"五年无有寸进"也是情理之中的事情。

"高开低走"不是一件容易令人接受的事情，但周邦彦却处之泰然。五年的冷板凳非但没让他产生怨怼，反而让他有更多的精力去思考和创作。

在周邦彦之前的婉约派宋词，为了模仿柳永长调慢词的风格，出现了大量堆砌辞藻、甚至敷衍成词的附庸之作，很像如今很多自诩为古风的音乐，看似在追求风雅，实则不过是西颦东效。随着周邦彦文风的日渐成熟，渐入颓势的婉约词开始重新回到章法严谨规整、结构错落有致的佳境，而周邦彦也用他的词作向所有人展现了婉约词的唯美——无一处不含蓄，无一处不动情。

周邦彦赋予了婉约词新生，婉约词也塑造了周邦彦的心性。保守派掌权后，倾向变法的周邦彦离开汴京，开始了调任地方的一段岁月。

周邦彦欣赏过庐州（今安徽省合肥市）的月光，也曾流连于溧水（今江苏省南京市溧水区）的溪畔，远离政治纷扰的他活成了一朵出淤泥而不染、濯清涟而不妖的荷花。在他的笔下，宋词之美渐至臻化，那首被后世传颂为咏荷第一名词的《苏幕遮·燎沉香》就诞生于这一时期。

"叶上初阳干宿雨，水面清圆，一一风荷举。"

寥寥几句，便将雨后荷花的清雅玉立写得极为传神，令人闭眼就能想象那满池被风拨弄摇曳的荷花。

于周邦彦而言，下放地方、远离庙堂倾轧未尝不是一种幸运。当朝局再度发生剧变时，他的命运再次被改写。

不过这一次，是新党胜了。

新党重新掌权后，正在溧水做知县的周邦彦收到升迁调令后重返汴京，开启了长时间的京官生活。值得一提的是，返京的周邦彦受到了宋哲宗的召见，皇帝的目的只有一个——见见《汴都赋》的作者。

能写出这样好文章的，到底是怎样的人物？

年轻的皇帝对刚过不惑之年的周邦彦备加礼遇。重返汴京对于周邦彦来说，是人生辉煌的开始，自此以后，他基本处于一路高升的状态，羡煞旁人。

宋哲宗虽英年早逝，但这位被称为"北宋最后一位明君"的皇帝，还是完成了父亲神宗皇帝未竟的夙愿——在位期间击败西夏，为北宋后期惨不忍睹的战绩添了仅有的一抹亮色。宋哲宗驾崩后，那个"除了做皇帝，样样都会"的宋徽宗上台了。

如果没有做皇帝，富贵王爷赵佶会是一个完美而幸福的艺术家。这个对艺术爱到痴狂的昏君自然也听过《汴都赋》的大名，也因此给予周邦彦"赐对崇政殿"的礼遇，周邦彦所受的恩宠达到了"三朝不绝"的地步。

在"上宠下捧"中，周邦彦一边享受着优渥生活，一边专心于诗词创作——衣食无忧，日日从事热爱的事业，妥妥的人生赢家。

不过，周邦彦和宋徽宗之间除了君臣关系之外，居然还有一重关系——情敌，这源于一位家喻户晓的奇女子——李师师。

作为一个生卒年不详却经常出现于野史、小说、传奇中的北宋著名歌妓，李师师艳冠群芳、才惊四座，不少当时的名流才子都为她写过诗词，成为她的"粉头子"。比如写过"云破月来花弄影"、妻妾成群的张先就对她一见倾心，为她创作出"师师令"这个词牌，还以此填了一首字字含情的《师师令·香钿宝珥》，通篇盛赞其美貌，俨然一副深陷其中不可自拔的模样。

> 香钿宝珥。拂菱花如水。学妆皆道称时宜，粉色有、天然春意。蜀彩衣长胜未起。纵乱云垂地。
>
> 都城池苑夸桃李。问东风何似。不须回扇障清歌，唇一点、小于珠子。正是残英和月坠。寄此情千里。

另一位著名词人——秦观对李师师的迷恋丝毫不亚于张先，他不像张先那般委婉，对李师师的爱直抒胸臆，《一丛花·年时今夜见师师》开篇明义便是对李师师的赞美，上阕描绘了当年郎才女貌、耳鬓厮磨、情意缱绻的旧事；下阕则沉浸在想象与思念之中，纵然是分别多年、书信隔断，秦观仍对李师师旧情难忘、情难自已。

> 年时今夜见师师。双颊酒红滋。疏帘半卷微灯外，露华上、烟袅凉飔。簪髻乱抛，偎人不起，弹泪唱新词。
>
> 佳期。谁料久参差。愁绪暗萦丝。想应妙舞清歌罢，又还对、秋色嗟咨。惟有画楼，当时明月，两处照相思。

除了张先、秦观之外，李师师的座上宾还有著名官二代——晏殊之子晏几道，一句"看遍颍川花，不似师师好"就足以说明他对李师师的情意了。但上述三位词人和周邦彦、宋徽宗相比的话，那就算不得什么了。

周邦彦是词曲大家，极善音律，诗词格调悠长、韵律严谨，吟唱起来异常优美。周邦彦与李师师可谓天作之合，他懂她的轻歌曼妙，她懂他的词中深意，很快两人便走到了一起，传为汴梁城中的一时谈资。

与此同时，宋徽宗也久慕李师师的芳名，按照《李师师外传》中的说法，宋徽宗经常偷偷乔装出宫，只为见李师师一面。宋徽宗是一国之君，能带给李师师的荣华富贵自然不是周邦彦、张先、秦观、晏几道等人能比的。为了博美人一笑，数不清的奇珍异宝被送到李师师的住处；为了方便两人幽会，宋徽宗甚至在皇宫与李师师家之间挖了一条暗道。

传说宋徽宗曾在周邦彦与李师师私会时突然来访，惊慌失措下，周邦彦只能躲到床下，由此听到了宋徽宗和李师师的对话。

宋徽宗将贡橙与李师师分享，李师师用并刀切开橙子，为宋徽宗焚香吹笙。宋徽宗兴之所至，一直留到三更，起身要回宫时，李师师因夜深露重、马滑霜浓，劝宋徽宗留宿一晚。

这段本应不为人知的风月事，被躲在床下的周邦彦听得真切，灵感迸发的他在宋徽宗离开后，挥笔写出了名动汴梁城的《少年游·并刀如水》。

> 并刀如水，吴盐胜雪，纤手破新橙。锦幄初温。兽烟不断，相对坐调笙。低声问：向谁行宿？城上已三更。马滑霜浓，不如休去，直是少人行。

这首风靡京城的词很快传入深宫大内，宋徽宗读后，惊出一身冷汗——这不就是自己那晚在李师师处说的话吗？细节刻画到如此地步，说明周邦彦当时就在屋内偷听！敢偷窥皇帝的隐私，仅此一条，就是杀了周邦彦也不为过。宋徽宗虽然没有要了周邦彦的性命，但到底还是将他贬出京城。出发那日，李师师前去为他饯行，周邦彦填了一阕《兰陵王·柳》。

> 柳阴直，烟里丝丝弄碧。隋堤上、曾见几番，拂水飘绵送行色。
> 登临望故国，谁识京华倦客？长亭路，年去岁来，应折柔条过千尺。

闲寻旧踪迹，又酒趁哀弦，灯照离席。梨花榆火催寒食。愁一箭风快，半篙波暖，回头迢递便数驿，望人在天北。

凄恻，恨堆积！渐别浦萦回，津堠岑寂，斜阳冉冉春无极。念月榭携手，露桥闻笛。沉思前事，似梦里，泪暗滴。

李师师饯行归来，没想到宋徽宗在她的住处等待良久。作为赔罪，她便弹唱了周邦彦的这首新作。歌声婉转，音调悠扬，一曲既罢，余音绕梁。宋徽宗听后，起了爱才之心，便派人将周邦彦召回京，做大晟乐正，负责宫廷雅乐。周邦彦居然因此升官，算是因祸得福。

终其一生，周邦彦都仕途平平，但词坛得意的他是开宋词新风的一代文宗，用一己之力剔去浮华，扫去尘埃，让宋词回归本真清雅的状态。

周邦彦的词，内容不外乎男女恋情、别愁离恨、人生哀怨等传统题材，尽是柳永式的浅斟低唱，毫无辛弃疾式的金戈铁马，这是周词的一大特点。悠游于北宋最后的繁华中，眼中所见只有富贵风流，而他本身也不是一个执着于建功立业、匡扶社稷的将相之才。

晚年的周邦彦因不愿与奸相蔡京等人为伍而遭外放，自此以后便再也没有回到汴京。

宋徽宗宣和二年（1020年），在臭名昭著的"花石纲"的刺激下，方腊起义爆发，虽然短短一年时间就被镇压下去，但宋徽宗治下的大宋已经繁华褪尽，原来隐藏于盛世华服下的脓疮已经开始毒发，北宋灭亡在即。

宣和三年（1021年），六十六岁的周邦彦病故，能在动荡来临前离开人世，我想这是周邦彦最后的幸运。

朱淑贞

世人只知李清照，无人再懂朱淑贞

提起宋词，在群星闪耀、灿若星河的诸家中，李清照是独一无二的存在，她以巾帼之身制霸两宋词坛，让后世记住了她的名字。

但本章的主角不是李清照，而是一位生卒年都不详（南宋初年时在世）却被后世尊为和李清照齐名的女词人——朱淑贞。用晚清文人陈廷焯的话来讲："朱淑真词，风致之佳，词情之妙，真不亚于易安（李清照）。"

因为时过境迁，朱淑贞的人生际遇到底如何，很多问题都已寻不到答案。在众说纷纭之中，作者也只能按照自己的理解，尽可能地还原一个沉寂于历史长河里的奇女子。

就像站在漫天大雾里，无论我们怎么努力靠近朱淑贞，都只能看到她的模糊倩影。但就是这样一个我们几乎一无所知的朱淑贞，却成了两宋存世作品最多的女词人。

朱淑贞的故事，我将以电子书的形式呈现，欢迎大家扫码阅读，也欢迎大家关注我的自媒体。

抖音号：梁知夏君（LZXJ1996）；

公众号：梁知夏

朱淑贞

我的公众号

李清照

被婚姻救赎也被婚姻毁灭

她的爱国情怀让无数男儿汗颜

宋高宗绍兴二年（1132年）的临安府，刚刚从金人追击中死里逃生的宋高宗赵构终于恢复了帝王的威严，在江南站稳脚跟后，他马不停蹄地开始了舒坦的偏安生活，"软骨头"也成了后世对宋高宗的印象标签。

靖康之变后的宋廷就像是被吓破了胆的丧家之犬，除了发出哀嚎外，不敢再有什么大的军事动作。纵然有不少主战派在前线和庙堂上苦苦支撑，但如秦桧这样的主和派已经掌握了朝野的话语权，那些沦丧敌手的故土和生活在其中的遗民们，就在有意无意之间被遗忘了。

同样发生在绍兴二年临安府的一场离婚诉讼案，向当时耽于享乐的偏安者们展现了什么叫真正的气节。

这场离婚诉讼案是当时人们茶余饭后的最大谈资，因为这并非一起普通的民事官司，之所以这么出名，原因有两个：第一，在"妻以夫为纲"的礼教制度下，这是一起有违纲常的"妻告夫"的离婚案；第二，这场离婚案中的原告就是大名鼎鼎的李清照。

《宋刑统》记载："妻告夫罪，虽得实，徒两年。"也就是说，李清照状告二婚所嫁的丈夫张汝舟，即使所告属实，自己也要服苦役两年。但即便如此，李清照仍然义无反顾地走上了诉讼这条路。

寻常人看来极不寻常的事情发生在李清照身上的时候，似乎又马上变得合情合理。回顾她的一生，我们会发现：这位诗词传千古的才女，一生有太多极不寻常的事情。如果千年后的我们只知道她的"知否？知否？应是绿肥红瘦"，或是她的"生当作人杰，死亦为鬼雄"，那就太遗憾了。

《宋史·李格非传》中有这样一段记载："妻王氏，拱辰孙女，亦善文。女清照，诗文尤有称于时，嫁赵挺之之子明诚，自号易安居士。"寥寥数语，便是李清照在正史中的记载了。一介闺阁女子，能被史书记上一笔的，可谓凤毛麟角，李清照就是其中一位。

李清照的父亲李格非是韩琦和苏轼的得意门生，母亲是宋仁宗天圣八年（1030 年）的状元王拱辰的孙女（一说宰相王珪的长女），这样的家学渊博为李清照的成长提供了充分的养料。

大家的成名总需要一篇全民追捧的爆文，比如骆宾王在七岁时写下的那首《咏鹅》，柳永在不满二十岁时写下的那首《望海潮·东南形胜》。对于深闺之中的李清照来说，她的成名作来得也不算晚，那篇我们耳熟能详的《如梦令·常记溪亭日暮》，写于十六七岁。那时的李清照刚随父母来到汴京，都城的繁华没有让她迷离，反而勾起了她的儿时回忆。儿时的她活得无忧无虑，有故乡的山水日日陪伴，尽兴扶醉而归，即便是误入藕花深处，收获的也是欢声笑语。

写下这首词的时候，大约是宋哲宗元符二年（1099年）。党争本是朝廷中事，对于深闺中的李清照而言遥不可及，她只需要每日吟诗作对、绣花弄草，打发这慵懒时光就好。

李清照最爱做的事情便是吟诗作词，自从那篇《如梦令》刷爆大宋热搜后，李清照这个名字迅速被主流文坛精英所知。对于一些著名的文坛课题，李清照也经常直抒己见。

比如那首来自"苏门四学士"之一的张耒的《读中兴颂碑》，不光是黄庭坚、潘大临等著名文人对此留下了自己的和诗，未及桃李之年的李清照也不甘示弱地写下了《浯溪中兴颂诗和张文潜二首》，成为一时佳话。

从《浯溪中兴颂诗和张文潜二首》来看，李清照的用典已经到了炉火纯青的地步，扫眉才子对于国家兴亡的理解，全然不输那些庙堂上的士大夫，就连朱熹日后读到《浯溪中兴颂诗和张文潜二首》，也忍不住感慨一句："如此等语，岂女子所能？"

提起李清照，她的丈夫赵明诚是绕不开的话题。

宋徽宗建中靖国元年（1101年），十八岁的才女李清照嫁给了二十一岁的太学生赵明诚，门当户对、郎才女貌，这段婚姻在任何人看来都是再美满不过的。

更难得的是，李清照和赵明诚有着相同的爱好——搜集金石、字画。据《金石录后序》记载："每朔望谒告出，质衣，取半千钱，步入相国寺，市碑文果实归，相对展玩咀嚼，自谓葛天氏之民也。后二年，出仕宦，便有饭蔬衣练，穷遐方绝域，尽天下古文奇字之志。"大意是，在赵明诚尚未出仕的那两年里，他会在初一、十五请假外出，典当衣服换钱后，兴致勃勃地去大相国寺集市碰碰运气，买回一些好的碑文、字画和蔬果，小心翼翼地带回家，同妻子李清照边吃着新鲜的蔬果，边细细品玩带回的宝贝，自诩为"葛天氏之民"[1]。两年后，赵明诚步入仕途，夫妻俩省吃俭用，立志收集天下的古文奇字，哪怕简衣蔬食也在所不惜。

夫妻二人互为知己、琴瑟和鸣，这样的婚姻状态如何不让人羡慕？

李赵两家都是官宦人家，李清照的父亲李格非时任礼部员外郎，而赵明诚的父亲赵挺之则是吏部侍郎，按理说李清照和赵明诚纵然有这样一个花钱的爱好，也不至于窘迫到靠典当衣物和节衣缩食来过活。

但这就是"清流人家"的气节，无论是李格非还是赵挺之，他们作为正统士大夫，有着自己的操守，只取俸禄，拒绝灰色收入；再加上李赵两家并非钟鸣鼎食的世家大族，因此虽为官宦子弟，但李清照和赵明诚的婚后生活也是过得相对拮据。

生活的窘迫和爱好带来的快乐相比，根本不值一提。数十年后，李清照回想起年轻时的经历，没有过多地渲染曾经的清贫，只是对当初夫妻俩因为没能凑够二十万钱而错过徐熙的《牡丹图》感到懊悔不已。《牡丹图》留在家中一晚后归还卖家，夫妻俩相对惆怅了好几日。这是李清照和赵明诚才懂的浪漫，也是他们的婚姻得以保鲜的秘诀。

不过，李清照所处的时代已经到了北宋末期，宋徽宗治下的朝廷

---

① 葛天氏为远古部落名，也指我国上古传说中标榜无为而治的帝王。古代文人用"葛天氏之民"来表达自己不慕名利、安贫乐道、向往淳朴的志向。

乌烟瘴气，以蔡京为首的奸佞把持朝纲，新旧党争仍处于白热化状态。矛盾在宋徽宗崇宁元年（1102年）九月来了一次新的爆发，身处其中的李赵两家都不可避免地受到了牵连。

宋徽宗亲政后，朝廷对于变法开始了一边倒地认可与赞美，旧党人士遭到了前所未有的打压。宋徽宗更是罗列了一百二十人的"奸党名单"，并亲自书写名字，将其刻成石碑，立在了端礼门外，史称"元祐党人碑"。

奸相蔡京自然不会放过这个倾轧政敌的好机会，他通过增补的方式，将原本一百二十人的名单扩展为三百零九人。名单所列之人永不录用，子孙不得留在京师、不得参加科举，蔡京更是将名单的副本传至各州县，意在掐灭旧党反扑的任何可能性。

老师苏轼是重点打压对象，身为弟子的李格非又怎能置身事外？名字赫然在列的李格非被罢官、打回原籍，而作为"元祐党人"家属的李清照，与婆家的关系变得微妙起来。

父亲李格非是"元祐党人"，公公赵挺之却是不遗余力排挤"元祐党人"的"元丰党人"，这对于夹在娘家与婆家之间的李清照来说，是何等的煎熬！她不止一次地写诗给公公，请求他帮帮自己的父亲，但赵挺之都无动于衷，悲愤交加的李清照道出了那句"炙手可热心可寒，何况人间父子情"。

但政治斗争就是政治斗争，亲家之间的那点情谊在巨大的政治利益面前根本不值一提，李格非落寞地回到原籍，而作为其女的李清照也在随后的一两年间被牵连，不得不辞别赵明诚，回到了老家，投奔先行被遣归的娘家人。

从崇宁元年到大观元年（1107年）的这五年间，应该是李清照人生的第一个低谷，娘家遭遭、自己与丈夫暂时东飞伯劳西飞燕，我们所熟悉的"莫道不消魂，帘卷西风，人比黄花瘦"就是写于这段夫妻分隔两地的时期。虽然解除党禁后，李清照得以重回汴京，但紧接着便是夫家的落难。

大观元年三月，赵挺之病故，复相的蔡京开始对老对手的家人穷追猛打，赵家在京的所有亲眷尽数被捕下狱，几个月后虽然因为查无实据被无罪释放，但来自赵挺之的所有政治资源都被剥夺。这一次，轮到赵家离开汴京，回到青州（今山东省青州市）老家去了。

患难之下始见真情，这两场无妄之灾非但没让李清照和赵明诚产生嫌隙，反而令他们的感情愈发稳定。在青州的十余年，李清照一直陪在赵明诚的身边，夫妻二人继续搜集金石字画、勘校古籍、编纂图书、种花养草、自适耕读。纵然没有汴京的繁华，却也多了汴京难有的安逸与自由。远离政治场的纷扰，本就是"葛天氏之民"的他们生活得简素却快乐，这应该是几十年夫妻生活中最美好的一段时光。

李清照在《金石录后序》中用"后屏居乡里十年，仰取俯拾，衣食有余"一句来描述这段衣食无忧、美满惬意的日子，为青州十年作了温暖的注释。

数百年后清朝著名诗人纳兰性德在《浣溪沙·谁念西风独自凉》中写过这样一句词："赌书消得泼茶香，当时只道是寻常。"这里引用的典故，正是李清照和赵明诚"赌书泼茶"的生活片段。

傍晚闲来无事的夫妇二人会坐在自家书斋归来堂中，一边烹茶，一边指着堆积如山的书籍，猜典故取乐。谁先说出某一典故出自哪本书的哪一页哪一行，便能先饮茶。博闻强记的李清照每次都能赢，但因为俯仰大笑而将茶都洒在衣服上，反而喝不到茶……这对伉俪只羡鸳鸯不羡仙，抛却功名富贵，在孜孜不倦于编纂校对史书典籍的同时，继续着只属于他们的浪漫。

如果能就此一生，那该多好！李清照暮年回忆起这段时光时，也呐喊道"甘心老是乡矣"，但时间不会停留，而北宋的故事已接近终章。

北宋的终章很惨烈。

靖康之变，汴京城碎，徽、钦二帝北狩金国，近两百年的帝都繁华一朝化为乌有。覆巢之下安有完卵，一个弱女子在兵荒马乱中保全自身尚属难事（赵明诚因平定地方逃兵之乱有功而得到升迁，不在李清照身边），更何况保全数十年来精心搜集的金石字画呢？李清照需要作出艰难的抉择："既长物不能尽载，乃先去书之重大印本者，又去画之多幅者，又去古器之无款识者，后又去书之监本者、画之平常者、器之重大者。凡屡减去，尚载书十五车。"

没有人知道，乱世中，李清照是怎么一个人带着十五船的典藏，从青州出发，渡过长江，最后有惊无险地到达丈夫赵明诚所在的江宁府的。在此过程中，行至镇江时，正遇上张遇陷镇江府，镇江守臣钱伯言弃城而去，李清照以巾帼远胜须眉的大智大勇，在动荡与战乱中守住了这批稀世之宝。

好不容易夫妻团聚，丈夫却变得令李清照感到陌生……

宋高宗建炎三年（1129年）二月，江宁府发生叛乱，时任江宁知州的赵明诚居然弃城逃走，将相守数十年的妻子弃于城中不顾。虽然叛乱最终被平定，但在李清照的心中，那个顶天立地的大丈夫已经死了，面前的赵明诚和自己痛恨的投降派别无二致。

随着局势进一步恶化，好不容易安顿下来的李清照夫妇不得不重新踏上南逃之路。就在路过乌江时，心绪郁结、不吐不快的李清照于江畔吟出了那首著名的《夏日绝句》。

生当作人杰，死亦为鬼雄。

至今思项羽，不肯过江东。

寥寥二十字，是李清照对宋高宗等一众投降派的唾弃；这二十字也像是一把利刃，深深地刺入了赵明诚的内心。同年五月，夫妻行至池阳（今安徽省池州市贵池区）时，赵明诚被复职为知湖州，急着赶赴任职之地，没想到中途染病，于同年八月卒于建康（今江苏省南京市）。这对曾经"赌书泼茶"的神仙眷侣，只剩下李清照一人面对这汹汹乱世。

料理完丈夫的后事，李清照大病了一场。一个新寡的妇人，带着价值连城的金石字画该何去何从呢？没人能给李清照答案，她只能紧紧地跟着到处逃难的宋高宗赵构一行，从建康到洪州（今江西省南昌市），再到衢州（今浙江省衢州市），又到越州（今浙江省绍兴市），最后抵达临安。颠沛流离的生活让李清照的收藏丢失了大半，而比这更大的打击还在后面……

五

幸福的婚姻是长久的疗愈，不幸的婚姻是漫长的凌迟。年届半百时，一场失败的婚姻险些葬送了这位千古第一女词人……

那时，漂泊至临安的李清照举目无亲，万念俱灰之际，她遇到了一个人——张汝舟。

李清照以为张汝舟是她的救命稻草，而张汝舟则认为李清照是他的发财捷径，因为他早就听说李清照家藏无数，但并不知道传闻中价值连城的金石字画已经在颠沛流离中损失了大部分，所以当他发现李清照并不是一个有钱寡妇之后，市侩的丑恶嘴脸便彻底暴露了。

张汝舟最大的错误，在于他惹了一个不能惹的女人。李清照不是逆来顺受的妇人，她有着自己的傲骨和气节，她是以一篇《词论》鄙视北宋词坛一众大家的女豪杰，这样的人物又怎么可能在遭到张汝舟拳脚相加后选择忍气吞声呢？于是便有了本章开头提到的那场震撼天下的"妻告夫"的诉讼案。

这场诉讼案的结局还算美好，李清照并没有服苦役两年，仅被关了几天后便被亲属救出。自此以后，她一直孑然一身，用犀利的诗词针砭时弊，活得越发坦然通透。

年轻时，李清照也曾一词名动汴京城，她并非生来就忧国忧民，她也曾尽兴畅游，在荷塘间惊起一滩鸥鹭；也曾神伤于夫妻分别，看着飘零的落花随水逐流，暗暗哀愁；更曾贪杯宿醉后，为被狂风席卷而绿肥红瘦的花儿动容……

人到暮年，经历家破人亡的骤变之后，孤独的李清照秉承亡夫赵明诚的遗志，写完《金石录后序》后，还写过一篇颇有妙趣的《打马图经》，在该书序文中向世人展现了一个少女李清照的真实模样：天真烂漫，生性好赌且逢赌必赢，喜好打马（宋代很流行的一种棋类游戏），还创造了新的玩法……

人生最后的二十余年，李清照渐渐被所有人遗忘，她在无人问津中悄然离世，连具体的逝世时间都未曾留下。没有人知道这位旷古烁今的女词人临终前说过什么，但她写过的诗词和文章却纵贯历史的悠悠长河，流传至今。

不必为她走时的寂静落寞而感到忧伤，对于李清照而言，爱国便是对她最好的缅怀。

岳飞

请允许我聊聊岳武穆
这位两宋三百年里最大的"意难平"

宋高宗绍兴十一年十二月二十九日（1142年1月27日）深夜，临近除夕的临安城并没有节日的喜悦，所有百姓的内心都被一个人的安危牵动着，他的名字叫岳飞。

谁也没有想到，国家正是用人之际，这位立志恢复中原的抗金英雄居然会被扣上密谋造反的罪名，含冤下狱。

人们更没有想到的是，就在这临近除夕的深夜里，就在那冰冷刺骨的大理寺牢狱中，在查无实证的情况下，岳飞在昏君授意、奸臣策划下被特命赐死，一代抗金名将临终前留下的遗言，只有"天日昭昭，天日昭昭"这八个大字。

赐死岳飞是宋高宗赵构一生最大的污点，他是南宋的开国之君，也是南宋诸帝中最接近完成光复大业的皇帝，然而他却为了一己私利，亲手断送了山河一统的机会。赐死岳飞等同于打断了南宋的脊梁，在那之后，纵有再多的仁人志士前赴后继，也难以减缓南宋这艘破船在历史长河中的下沉速度。

时隔千余载，历史的车轮无情碾过，只留下名为宋、元、明、清的车辙印记，王图霸业早已归尘归土，但岳飞尽忠报国的精神却始终如红日般高悬在每一个华夏儿女的心中，所以请允许我斗胆聊聊岳武穆——这位两宋三百年里最大的"意难平"。

被称为"天水一朝"的宋朝，文治堪称历朝历代的佼佼者，但立国之初就确立的"重文轻武"政策，让两宋饱受外敌环伺的困扰。两宋青史留名的治世能臣不胜枚举，但能被后人津津乐道的名将少之又少。经历靖康之耻后的南宋更不用说了，几场改变命运的国战基本都是由文臣出身的士大夫们指挥的，这其中最经典的案例莫过于虞允文主持的采石矶（位于今安徽省马鞍山市西南五公里处的长江南岸）大战。

但南宋并非没有将才，"中兴四大名将"的岳飞、韩世忠、张俊和刘光世，皆有为南宋一雪前耻的能力。作为两宋最大的"意难平"，岳飞出身普通农家，不像刘光世那般出身将门世家。

传说岳飞出生时，有大禽若鹄，飞鸣室上，所以父母给他取名飞，字鹏举。而且据说岳飞天生神力，年纪轻轻便成了所居附近无人能敌的高手。

岳飞出生于宋徽宗崇宁二年（1103 年）。此时，辽国已经走到了苟延残喘的穷途，女真人建立的金国正在以摧枯拉朽的气势吞并辽国，并不断迫近宋境。

宋徽宗宣和七年（1125 年），与宋达成澶渊之盟、百年修好的辽国灭亡。短短两年之后的宋钦宗靖康元年（1126 年），金人铁蹄踏碎汴京城的纸醉金迷，靖康之变爆发。

这一年，岳飞二十五岁，已经在军中摸爬滚打四五年的他，遇到了自己的人生伯乐——宗泽。看着满目山河破碎，还是底层军官的岳飞开始用自己的方式拯救苍生。

南宋不可谓无将，在岳飞未显迹的时候，就有宗泽、李纲、张所等主战派名将在苦苦支撑大局。但不争气的赵构早已被金人的残暴吓破了胆，即便有胜算，也不敢硬碰硬。

上有四处逃窜的皇帝，下有只知投降的将官，畏战的情绪在前线迅速蔓延。为了稳住战局，当时还名不见经传的岳飞不顾礼法所限，披肝沥胆写下千言书，劝阻赵构南逃，但耿耿忠言换来的，却是他被以"小臣越职，非所宜言"的罪名夺官，放归原籍。

朝廷黑暗至此，君王昏聩如斯，换作旁人，早已心灰意冷，但一腔热血、想要杀敌报国的岳飞并没有抛弃"光复故土"的梦想。他一路北上，来到旁人避之不及的抗金前线——大名府（今河北省邯郸市大名县），重新从底层军官开始做起，并因表现出色而迅速得到提拔，成为前线小有名气的骁将。

此时南宋朝局仍是主和派占据上风，即便抗金形势一片大好，但在赵构一心求和的怯懦心态驱使下，一批批主战派人士或被调离或遭贬黜，南宋的战略压力与日俱增。

赵构的心思很好理解，他只想偏安一隅，缩在江南的富贵温柔乡里做一个无忧天子，什么故国遗民、社稷宗祠、徽钦二帝，都与他无关。之所以一时扶持主战派李纲等人上位，也只是为了安抚民心、惺惺作态，但凡有和谈的可能性，他随时可以将南宋将士用鲜血换来的国土拱手让人。这就是赵构的龌龊心理，他就是一个不折不扣、无白可洗的昏君！

可如宗泽、岳飞这样的主战派人士却不这样想。支持他们不断战斗下去的信念，并非仅仅是"守住赵宋的天下"，更是为了让故土上的遗民们能重返母国，所以他们无法心安理得地偏安一隅，即便有昏君佞臣的掣肘与打压，他们也义无反顾、无怨无悔。

岳飞是历史给予宋朝最后的机会，只要有岳飞在，纵然是骁勇善战的金兵也只有节节败退的份儿。但岳飞并非一开始就是统御四方的主帅，那时的前线主帅是被金人称为"宗爷爷"的宗泽，青年岳飞就是在宗泽的耳濡目染之下，渐渐实现了从将领到统帅的转变。

宋高宗一朝的主战派基本没有好结局，即便是威震金国的宗泽用奇战保全了汴京旧地，甚至让抗金大业大有起色，但龟缩在江南的赵构依然不敢还都。

可怜人到暮年的宗泽先后上书二十多次，不断向赵构陈述自己的战略，却自始至终没能得到回应。宋高宗建炎二年（1128 年）七月，七十岁的宗泽留下"渡河！渡河！渡河"这六字遗言后，紧握着他的北伐大计，在忧愤中离世，南宋错失了第一次收复失地的机会。

随着宗泽时代的过去，岳飞时代正式到来。

作为宗泽遗志的继承者，岳飞坚定不移地按照宗泽生前的部署行事，但宗泽之后的官方指定接班人杜充却开始了作死之路，他非但没有严格贯彻宗泽的北伐计划，反而以东京留守的身份作出撤离汴京的决定。

一城的最高长官作出弃城的决定，这本是无比艰难的决定，但对于毫无谋略的杜充而言，作出这样的决定就像是喝水般简单。杜充不会明白宗泽生前所坚持的"民心可用"的战略是何等高明，他一上任便切断了对北境所有义军的支援，还放弃了包括国都汴京在内的广大旧地。从此，北宋旧都成为宋人不可及的故土，汴梁繁华成了隐于历史深处的旧梦。

　　更讽刺的是，杜充这样的草包居然还能一路爬到右相的高位，像岳飞这样真正的将才却只能屈服于杜充之下。对于放弃汴京这个无比愚蠢的决定，岳飞苦谏道："中原地尺寸不可弃，今一举足，此地非我有，他日欲复取之，非数十万众不可。"

　　但在百般苦劝无果后，无能为力的岳飞也只得跟随大军南撤。从日后的事实来看，岳飞的预言实在太准了，直到南宋在崖山海战中覆灭，宋人都未能恢复汴梁旧地。

　　"一将无能，累死三军"的教训在杜充身上得到了很好的印证，弃城开溜的杜充非但没有受到任何处罚，反而得到了宋高宗赵构的封赏，甚至让他全权负责长江一线的防卫，但杜充没有给宋高宗带来奇迹，他给皇帝的回报是长江防线全面崩溃、建康失守、他本人也投降了金人。

　　心灰意冷的岳飞在内无援助、外有强敌的情况下，靠着强大的人格魅力收编残兵，重新组织起一支部队，并开始了一系列的反攻。

　　长江防线的全面崩溃、主帅杜充的突然变节，是宋廷始料未及的。金人长驱直入宋境，大肆烧杀抢掠，而宋高宗则一路从建康逃到越州，再逃到明州（今浙江省宁波市），最后直接在海上漂泊避难。

　　"打仗不行，跑路一流"一直是赵家天子的家传绝学，一百多年前的"高粱河车神"宋太宗赵光义要是看到子孙的跑路速度，也会自叹弗如。以金兵的来势之快，行舟渡海数百里，居然也没能追上赵构。

如果此时打开上帝视角的话，会看到这样一幅画面：宋高宗在前面跑，金人在后面追，岳飞在更后面收复失地。

跑着跑着，宋高宗终于回过神来了。当初那个被自己以"小臣越职，非所宜言"罪名革职的小将居然如此神勇，在没有朝廷调度的情况下，居然一个人拉起一支队伍，从溧阳（今江苏省溧阳市）一路收复到宜兴（今江苏省宜兴市），最后以一场前所未有的大胜成功收复建康。至此，岳飞被赵构重新认识了一遍，他不再是那个寂寂无名的小将，而是继宗泽之后又一个被金人称为"爷爷"的大将。

赵构的"软骨病"和自宋以来对武将的诸多限制，让岳飞陷入了束手束脚的窘境，正式获得朝廷认可后的岳家军本该成为南宋军事体系中的重要一环，并在统一调度下与其他部队协同作战，但无论是抵抗外敌，还是剿灭内乱，岳家军在前面浴血厮杀，要么军需补给供应不上，要么孤军奋战没有支援。

可即便如此，岳飞所到之地，基本都能有所斩获，这让包括张俊、刘光世在内的一众将领难以望其项背。宋孝宗赵昚曾对岳飞有过这样的评价："卿家纪律、用兵之法，张、韩远不及。"张俊和韩世忠虽然也在南宋"中兴四大名将"之列，但在宋孝宗的心里，岳飞的地位是超然的。

岳飞确实不负所望，在基本平定内乱后，怀有"克复旧国"理想的他以为自己终于可以开始践行北伐大计了。绍兴四年（1134年），岳飞上《乞复襄阳札子》，向朝廷陈述收复襄汉六郡的计划，迈出了北伐的第一步。

岳飞壮怀激烈，赵构却犹豫不决。就像是岳飞不明白赵构为何这么胆怯一样，赵构也不明白岳飞为何这么能打。虽然赵构最终还是下达了同意收复襄汉六郡的诏令，但他同时给了岳飞一道厚颜无耻的手诏："今朝廷从卿所请，已降书一，令卿收复襄阳（今湖北省襄阳市）数郡。惟是服者舍之，拒者伐之，追奔之际，慎无出李横所守旧界，却致引惹，有误大计。虽立奇功，必加尔罚！"

这份手诏的大意是：朕原则上同意收复襄汉六郡的计划，但朕告诉你，你打的时候注意点，不要越界跑去金人那边，朕不想惹麻烦，到时候就算你立了大功，朕也会重重罚你！

岳飞接到这道手诏时是何心情，我们不得而知，但能顺利开启北伐的第一步，已经算是烧高香了。在从武昌（今湖北省武汉市武昌区）乘舟北上的时候，岳飞感慨良多——他曾迫于无奈，放弃了将士用鲜血捍卫的北境，让包括汴京、洛阳在内的国土沦丧敌手，而今重整旗鼓，挥师北上，心血激荡的他喊出了那句"飞不擒贼帅，复旧境，不涉此江"的豪言。

民心可用，北伐有望。岳家军四月出发，五月破郢州（古州名，治所位于今湖北省武汉市武昌区）、随州（今湖北省随州市）、襄阳，七月攻陷邓州、唐州（今河南省南阳市）、信阳军（治所位于今河南省信阳市），一路而定襄汉六郡，让讥笑"宋地无人"的金国举国哗然。躲在大后方做缩头乌龟的赵构也被这场速胜深深震撼，忍不住赞叹道：

"朕素闻飞行军极有纪律，未知能破敌如此！"

岳飞在《乞复襄阳札子》中称收复襄汉六郡为"恢复中原，此为基本"。在其后的三年时间里，他相继展开了第二次、第三次北伐，均有所斩获。就在这时，赵构的"软骨病"又开始发作了。

四

岳飞要复国，赵构要苟安，这是君臣之间最大的矛盾。

绍兴八年（1138 年），秦桧二度拜相。正是在赵构、秦桧这对昏君奸臣组合的推动下，和金国的议和正式开始。与其说是"议和"，不如说是"跪着签字"，赵构对于金人开出的条件除了"亲自下跪称臣"这条外，无有不依——只要能苟且于江南做个无忧天子，成为藩属、要钱给钱、要地给地什么的，根本不足虑。岳飞、韩世忠等一众主战派的不断上书，没能阻挡赵构跪下去的决心。

就像当年宋真宗对澶渊之盟的达成沾沾自喜、将其视为自己的一大功业一样，宋高宗赵构在并非兵临城下的危难之际，签下如此丧权辱国的和议条约，居然还恬不知耻地称之为"大喜事"，甚至为此大赦天下。

远在鄂州（今湖北省鄂州市）操练兵马的岳飞面对赵构的加官晋爵不为所动，他痛心疾首地劝告君王："夷狄不可信，和好不可恃，相臣谋国不臧，恐贻后世讥议。"

很不幸，这一次，又被岳飞言中了。

绍兴八年十二月，南宋向金国上表称臣，和议签订；连两年时间都未到，金国便在绍兴十年（1140年）五月撕毁条约，大将金兀术率军大举南侵。赵构一脸懵，只能又请出"救火队长"岳飞，厉兵秣马三年有余的岳飞早就想一舒满腔的窝囊气，兵锋所指，金人节节败退。

金兀术自南侵以来，可谓所向披靡，但遇到岳飞后便一败再败，以至于动了要放弃汴梁、渡河北归的念头，而接连收获大胜的岳飞则发出了最壮怀激烈的军令："今次杀金人，直到黄龙府，当与诸君痛饮！"

几年前，岳飞曾在《满江红·登黄鹤楼有感》中感慨"兵安在？膏锋锷。民安在？填沟壑。叹江山如故，千村寥落"，并希望自己能"何日请缨提锐旅，一鞭直渡清河洛"。如今克复中原在望，沦丧敌手数十年的宗庙社稷即将光复，如何不让他热泪盈眶？！

从绍兴九年（1139年）开始的军事行动都是完胜的，在岳飞、韩世忠、张俊等当世名将的带领下，宋军将这么多年来的愤懑与仇恨都化作了杀敌报国的勇气，一路攻城拔寨，向阔别数十年的中原故土冲了过去。

潜伏在故土的义军们也在看到宋军势如破竹的行军速度后纷纷揭竿而起，形成了里应外合之势。一时间，宋军声势大振，金人惶恐不安——但就在此时，赵构发出了急召岳飞班师的诏令。

十二道金牌的班师诏令，让不断上表申诉的岳飞泪如雨下。

"臣十年之力，废于一旦！"

"社稷江山，难以中兴！"

"乾坤世界，无由再复！"

岳飞字字泣血，却依然阻止不了赵构在投降的路上越走越远……

比这更令人落泪的，是岳飞在班师回朝之时，沿途的故土百姓拦马痛哭，他们不明白为什么明明胜利在即却要前功尽弃。无言以对的岳飞只能含泪安抚百姓，然后眼睁睁地看着刚刚光复的故土尽数沦丧。

岳飞曾在光复襄汉六郡时写下《满江红·怒发冲冠》，彼时的他虽然明知克复中原的目标艰巨，但仍能慨然道出那句"壮志饥餐胡虏肉，笑谈渴饮匈奴血"；如今岳飞心灰意冷，他不再慷慨陈词，不再意气风发，只想解甲归田，做个田间汉子。

倘若就这样了此余生，这样的结局纵然对岳飞来说很残忍，却也不失圆满。但这是韩世忠的结局，不是岳飞的结局。岳飞这样名震寰宇、杀到金人闻风丧胆的名将只会有一个结局——为了议和而死在昏君奸臣的手中。

天下人都知道岳飞是忠臣，秦桧知道，赵构也知道，但为了议和，岳飞必须死。

秦桧绞尽脑汁也没有找到岳飞谋反的罪证，连负责审问岳飞的官员在看到他背上"尽忠报国"四个刺字后也感动落泪，转而为他申冤。自始至终，饱受酷刑折磨的岳飞没有开口为自己辩解，也不承认对自己的诬告，他就这样默默承受着，直到被赐死于大理寺。

《宋史·岳飞传》中记录了韩世忠对岳飞最后的营救，这位为了避祸而赋闲在家的名将低三下四地去求奸相秦桧，只为了给岳飞辩白。

而秦桧呢？给出了让忠臣义士都为之哑然的回答："其事体莫须有。"

"大相公，'莫须有'三字，何以服天下？"

这是韩世忠最后的努力，也是韩世忠的心寒之语。这位曾在黄天荡以八千宋军围困十万金兵四十八天之久、几乎生擒金兀术的名将，在得知岳飞必死后黯然致仕，余生绝口不言兵事。

在韩世忠致仕一年后，绍兴十一年十二月二十九日，岳飞死于大理寺监狱中，终年四十岁，陪他共赴黄泉的还有他的长子岳云和部将张宪。这位为国征战半生的抗金英雄没有死于疆场，却死在自己人手中。纵然隔了八百多年的风霜雨雪，再读岳飞的故事，仍然让人心意难平、悲愤塞胸。

岳飞被杀害的那天晚上，一个名为隗顺的狱卒冒着生命危险，将其遗体背出。一个微不足道的小民，却比高高在上的皇帝更有将生死置之度外的勇气。

岳飞死后二十年间，无数人为岳飞喊冤，宁愿被斥责、被贬谪，甚至下狱问罪，也不退缩。而以赵构为首的投降派对此不置一词，没有人比他们更明白岳飞是冤枉的，但忠臣的一腔碧血浇不醒醉生梦死的昏君佞臣，只要赵构在位一天，岳飞便无法平反昭雪。

绍兴三十二年（1162年），在岳飞冤死后的第二十年，宋孝宗赵昚即位后的第二个月，便下诏令为岳飞全面平反。此时，退位为太上皇的赵构没有阻止，他沉默地接受了岳飞被平反昭雪的事实，也间接承认了自己的错误。

但这道平反诏令来得太迟了，那些曾心心念念想要回归母国的遗民们早已在岳飞死后变得心凉，而宋孝宗励精图治所推动的隆兴北伐也最终以失败告终。

不知道失地的百姓看到北伐而来的宋军会作何感想，他们是否会想起二十多年前那支战无不胜、攻无不克的岳家军；是否会想起那位在除夕前夜被昏君奸臣害死于大理寺监狱的岳王；是否会感慨这迟来的平反昭雪，痛恨天道不公，祈愿忠魂安息……

只不过，山河已远，故人不再。

在此后一百多年的南宋历史中，也再没有出现如岳飞一般的人物……

陆游

临终前的一首诗，道尽了他的一生所求

宋高宗绍兴二十三年（1153 年），南宋都城临安正在举行一场特别的科举考试——锁厅试。之所以说它特别，是因为参加锁厅试的考生都是有身份限制的，必须是现任官员的子孙或获得祖上荫封的士子。

古代虽然没有 985、211 这样的名校概念，但并不代表古代没有学历歧视，甚至可以说，古代的学历歧视比现在更严重。对于非进士出身的官员，或者是靠祖上恩荫被授予的无品轶散官来说，仕途几乎毫无发展空间。

即便是在对读书人最宽和的宋朝，要想在仕途上有所成就，"进士出身"也是最基本的要求，因此锁厅试这样专门用来刷学历的考试便应运而生了。

绍兴二十三年的这场锁厅试是"特别中的特别"，因为这届考生中有两个人很有名——陆游和秦埙。

陆游之名家喻户晓，不必赘述。秦埙之所以很有名，是因为他有一个遗臭万年的爷爷——秦桧。

虽然秦桧在世时就遭世人唾骂，但这并不妨碍他官运亨通。此时的他，绝对是一人之下、万人之上，但他也有他的遗憾——无子。碍于出身名门的正妻王氏的悍妒，秦桧一直无法纳妾，只能过继妻兄

王唤的私生子为嗣，取名为秦熺，秦埙是秦熺的长子。

作为秦桧名义上的嫡长孙，超级官三代秦埙势必会在这次锁厅试中拔得头筹。然而，这场考试的主考官陈子茂是一个"官场清流"，他丝毫不畏惧秦桧的威势，坚持以才取士，所以当他读到考生陆游的文章时，直接将其拔擢为本次锁厅试的第一，秦埙只能屈居第二。

从结果来说，陈子茂之举是害了陆游，因为锁厅试之后便是礼部的省试，负责省试的主考官是御史中丞魏师逊、礼部侍郎兼大学士汤思退，这两人都是秦桧的亲信。主动把领导不喜欢的人处理掉，是"合格"下属的"标准操作"，所以陆游毫无意外地在绍兴二十四年（1154 年）的省试中落榜了。

值得一提的是，陆游本该登榜的这场省考，最终录取的进士名单可谓人才济济，其中包括孤身赴金廷、被誉为"南宋苏武"的范成大；写出"接天莲叶无穷碧，映日荷花别样红"的杨万里；指挥采石矶大战、以弱胜强、大败金人的虞允文等。

让人略觉痛快的是，即便是好爷爷秦桧费尽心思将陆游黜落榜单，宝贝孙子秦埙也未能成为状元。因为宋高宗赵构在御览试卷后，钦点一个名为张孝祥的考生为状元，秦埙则因为行文风格与秦桧并无二致，被定为第三名。

省考的进士名次变动纯粹是赵构为了平衡朝局、弹压各方势力而进行的细微操作，至于一个名叫陆游的考生是否真的被秦桧下了黑手，赵构懒得去管，也不可能去管。

于是，师从鸿学大儒、自幼饱读诗书、十二岁就能写诗行文的神童陆游，便带着"秦桧讨厌之人"的标签，就此仕途无望了。

对于出生在两宋交汇时期的宋人来说，"靖康之变"是绕不开的话题。宋钦宗靖康元年（1126 年），金兵围困北宋都城汴梁，时任兵部尚书的孙傅面对金人强大的军事压迫，束手无策之下，居然听信一个名叫郭京的普通士兵的鬼话。

郭京自诩身怀道门秘术，他拍着胸脯向孙傅保证，只要用上道家秘术"六甲法"，以七千七百七十七人布阵，便可以生擒金军统帅，横扫来犯之敌。

孙傅作为堂堂"首都保卫战第一负责人"，居然对郭京的鬼话深信不疑，不仅对有识之士提出的质疑一概不听，而且在城防上任由郭京胡闹，只用了由三百个地痞无赖组成的所谓"神兵"出城御敌。事实证明，迷信害死人，三百名"神兵"瞬间湮没在了金兵的军阵之中，郭京本人则趁乱带着金银细软脚底抹油，不知何往。

孙傅脑抽风的后果，用"很严重"这三个字是不足以形容的，被誉为"万人仰神京，礼乐纵横……九陌六街平，万国充盈"的汴梁城于次年被攻破，在金人的铁蹄蹂躏之下，这座道尽文气风流的东京城自此化为繁华旧梦。

靖康之变爆发时，陆游只有三岁，为了躲避战乱，父亲陆宰带着一家老小亡命奔逃。这段躲避兵灾的日子实在是太刻骨铭心了，以至于几十年后的陆游回忆起来时，一幕幕细节依然历历在目，他在《三山杜门作歌五首其一》中写道："我生学步逢丧乱，家在中原厌奔窜。

淮边夜闻贼马嘶，跳去不待鸡号旦。人怀一饼草间伏，往往经旬不炊爨。呜呼乱定百口俱得全，孰为此者宁非天。"

那时的陆游才刚学会走路，便跟着一家人逃往南方。晚上只要一听到金军的战马嘶鸣，就得摸黑逃命；为了躲避金人的烧杀抢掠，他们只能身上揣着饼子，隐匿在草丛之中，惶惶不得终日，十天半个月不能生火做饭，都是逃亡路上常有的事情。

正因为有这样惨痛的儿时记忆，所以陆游从小便产生了浓厚的爱国之情，"科举中第，然后入朝为官，最后克复中原"的人生目标深深植根于他的心底，为此他勤学苦读，一日也不曾懈怠。

让陆游始料未及的是，人生目标的第一步——科举中第，就因为奸佞的嫉妒直接变成了"不可能完成"的奢望。那一刻，陆游一定是崩溃且绝望的。

绍兴二十四年的秦桧是谁也无法撼动的，连宋高宗本人也不行，因为此时的秦桧已经成为金人唯一信赖的南宋代言人。被这样的人刻意针对，陆游的仕途还未开始就注定要结束。

就在陆游以为自己的人生轨迹要被彻底改写的时候，终于看不下去的老天爷收走了秦桧。没有了奸佞的刻意打压，本就才华出众的陆游如龙入海般迈入仕途，开始了他为"收复故土"不死不休的发声。

陆游是典型的主战派人士，这和宋高宗赵构"苟安东南"的想法完全对立。审时度势的陆游并没有在初出茅庐时就跟皇帝针尖对麦芒，这一时期的他主要以"匡正君王过失"为主要任务。在陆游的劝勉之下，将领长期掌握禁军的问题得到改善，君王沉迷奇珍异宝的失德之举得到匡正，朝廷随意加封王爵的乱象得到整治。

但这还远远不够，陆游在等待一个机会，重新提起那个已经很少有人敢讲的话题——克复中原。

绍兴三十二年（1162 年）是一个不太平的年份。二十一年前，赵构不惜付出冤杀岳飞、自称臣属、割地赔款的巨大代价，才和金熙宗完颜亶换来《绍兴和议》的签订，但在金国新即位的皇帝完颜亮眼中，这份和议形同废纸。撕毁和议对于完颜亮来说，毫无道德负担，因为完颜亮根本没有道德，这个暴君的残忍嗜杀在历史上可是出了名的，就连签订《绍兴和议》的金熙宗本人都是被完颜亮所杀。

完颜亮的理想很丰满——南下灭宋，一统天下；但是现实很骨感，一个从来没带过兵的文官虞允文在采石矶临危受命，秀了一把神级操盘，把完颜亮打到怀疑人生，最后死于士兵哗变。

这场胜利实在是太让南宋长脸了，但对于早就患上"恐金症"的赵构来说，他一刻也不想坐在这龙椅上了。

早在二十年前，还不到四十岁的赵构就因为长期亡命奔逃的巨大压力而头发白了一大半；如今都是快六十岁的人了，哪里还受得了金人没完没了的大军压境。于是在完颜亮南侵危机解除后，身心俱疲的赵构爽快地将皇位传于养子赵昚，随后躲入后宫颐养天年去了。南宋迎来了第二位皇帝——宋孝宗赵昚。

史书称赵昚"卓然为南渡诸帝之称首"。和养父赵构坚持"苟安"不一样的是，赵昚是一个很有追求的皇帝，早在东宫时，他就想着收复故土；如今登基亲政，他便不顾赵构的反对，以主战派代表人物张浚为帅，对金国不宣而战，发动北伐。主战派的时代也随着宋孝宗的即位而到来，早就按捺不住心中热血的陆游立即洋洋洒洒大书特书，为北伐出谋划策。

这场被称为"隆兴北伐"的军事行动初期进展得很顺利，但随着金人主力赶赴战场，再加上宋军将领之间的矛盾集中爆发，宋军旋即节节败退，北伐计划不得不草草收尾。

宋孝宗瞬间陷入被动，他不得不面对以太上皇赵构为首的偏安派的全面反扑，朝廷风向变化极快，偏安派重新占领舆论高地；主战派代表人物张浚心灰意冷，多次要求致仕。

任谁都看得出，此时要是还有人敢再提"用兵""北伐"之类的话题，那就是"送人头"，所以主战派都很有默契地保持了安静，除了一个人——陆游。

陆游是坚定的主战派，他还幻想着宋金两国只是暂时重新议和，这是在为下一次北伐争取时间，所以他一边四处结交主战派人士，一边殚精竭虑地为北伐总结军事经验。

这样严重犯忌讳的行为，很快就让陆游得到了教训。宋孝宗乾道元年（1165 年），陆游被人以"交结台谏，鼓唱是非，力说张浚用兵"为由罢官回乡，赋闲数年而不得起复。

有人认为陆游这是在拿自己的前程开玩笑，但纵观陆游的一生，这位将爱国之情沁到骨子里的大文豪，其实自始至终都没有那么在意自己的仕途。对于陆游来说，入仕为官只是手段，克复中原才是他愿意为之奉献一切的终极梦想。

战争意味着长久的流血与消耗，偏安带来了一时的稳定与发展。随着南宋偏安日久，越来越多的人在不知不觉间成了偏安派的拥趸。

和遥不可及的复国梦相比，守好南宋这点地方、踏踏实实过日子难道不好吗？

北伐不是失败了吗？还折腾什么？！

鼓吹北伐的人是一群不切实际的战争狂人，尤其是那个叫陆游的！

偏安派的排挤与打压让陆游一度意志消沉，直到四年后的乾道五年（1169年）才被朝廷重新起用，但他的任职地不在临安，而在遥远的川蜀。

任职川蜀的这段经历，应该是陆游数十载官场岁月中最畅快的一段时光，因为那里有一位和他志趣相投的主战派人士——王炎。

王炎也是一个坚定的主战派。宣抚四川期间，他一刻也不松懈地操练兵马，积极备战，随时准备挥师北伐、收复故土。

邂逅王炎时，陆游一定相见恨晚。他日以继夜酝酿出的北伐计划，终于有了用武之地。任职王炎幕府期间，陆游积极进言，出谋划策，提出了著名的《平戎策》，给出了北伐的基本战略思想："经略中原必自长安始，取长安必自陇右始。当积粟练兵，有衅则攻，无则守。"

跟随王炎的时间尽管还不到一年，却让陆游铭记了一辈子。多年以后，陆游还不止一次地回忆起自己在川蜀与将士们一起围猎伤人猛虎的旧事，自称练剑数十载的陆游甚至亲手杀了几只老虎。更重要的是，在王炎的带领下，陆游抵达了他梦寐以求的抗金前线——大散关（位于今陕西省宝鸡市西南）。

"楼船夜雪瓜洲渡，铁马秋风大散关"，当站在大散关前线、遥望对面沦陷数十年的故土时，陆游的北伐信念到达了极致。然而很快，王炎上奏朝廷的《平戎策》被驳回，连王炎本人也被勒令回朝，身为王炎幕僚的陆游被就地解职，再度陷入迷惘。

从宋孝宗乾道八年（1172年）到宋光宗绍熙元年（1190年）的十八年间，陆游几经起落，他的诗名与日俱盛，甚至因此得到了宋孝宗的召见。但同样是在这十八年里，不合群的陆游时不时地便会因为偏安派的各种诘难与诋毁而主动辞官或被罢官。

这些罪名包括但不限于"不拘礼法""燕饮颓放""不自检饬、所为多越于规矩""喜论恢复""嘲咏风月"……说来说去，归根结底就是一个原因——陆游还想着北伐。

陆游从不恋栈权位，更对偏安派泼的脏水毫不在意，甚至听到偏安派攻击自己"颓放""狂放"时，还淡定地自号"放翁"。

对对对，你们说的都对！

那我以后就叫放翁好了。

南宋初期的皇帝都很喜欢当太上皇，从宋高宗赵构开始，连续三任皇帝都是主动禅位、退居二线、颐养天年的。

到了宋光宗绍熙五年（1194 年），南宋迎来了第四位皇帝——宋宁宗赵扩。宋宁宗是一个并不出彩的皇帝，但因为他的重用，主战派人士韩侂胄在朝中迅速崛起，很快成为宁宗朝一人之下、万人之上的权臣。

韩侂胄是名门之后，曾祖父是被宋神宗誉为"两朝顾命定策元勋"的北宋著名政治家韩琦。史书对于韩侂胄的评价两极分化，他并不像曾祖父韩琦那样，是一个标准的士大夫，他有自己的野心和抱负，也有好大喜功、党同伐异的黑暗面。

无论韩侂胄北伐是出于家国大义，还是个人私心，当看到韩侂胄全面起复主战派后，曾一度抨击韩侂胄跋扈的陆游热泪盈眶，他不停地写诗勉励韩侂胄，其中不吝溢美之词。

有人劝陆游："韩侂胄名声并不好，陆公如此褒扬他，只怕要晚节不保！"

"以文邀宠""攀附权贵"之类的骂名，陆游并不在意，只要韩侂胄能挥师北上、克定中原，他个人的名声荣辱又算得了什么？

此时的陆游已经七十九岁高龄，在编纂完《国史》后，他因年老体弱而致仕。但激情与热血丝毫未减的放翁依然关注着庙堂之上的风云激荡，依然笔耕不辍，写出了大量爱国诗词，这些诗词有一个相同的主题——克复中原。

致仕的这一年，陆游回到了越州山阴（今浙江省绍兴市）老家，一个名为辛弃疾的后辈晚生登门拜访。和陆游一样，辛弃疾同样因为主战派的身份而仕途不顺，这两位终此一生都在谋求北伐的爱国志士实现了此生第一次，也是最后一次会面。

这一年，陆游七十九岁，辛弃疾六十四岁。

老态龙钟的陆游看着眼前华发丛生的辛弃疾百感交集，因为他知道自己已经没有机会亲历北伐了，而辛弃疾则得到了韩侂胄的征召，即将赶赴临安。

辛弃疾也倍感凄凉，看着身为官场前辈和文坛领袖的陆游身居破屋、生活窘迫，他不止一次地想要出资为其重修房屋、改善生活，但都被陆游婉拒了。

"稼轩，还有更重要的事情要做，好好辅佐韩公，嘱咐他一定要谨慎用兵，早日北伐，克复中原！"

宋宁宗开禧二年（1206 年），自隆庆北伐后，时隔四十三年，南宋再度主动挑起战火，最后一次北伐正式拉开序幕。

和隆庆北伐一样，开禧北伐在用人上出现了很大问题，这场政治造势达到顶峰的北伐很快便以宋军大败而告终。

更离谱的是，被韩侂胄委以重任的陕西河东招讨使吴曦居然早在战争开打前，就秘密投降了金人。

主动挑起战争却惨败、重新谋求与金人议和的韩侂胄等到了金人开出的和谈条件，割地赔款多与少并不是问题，问题在于金人提出了一个让他根本不可能接受的条件——杀了开禧北伐的主谋，提着他的项上人头再来议和。

身为开禧北伐的策划者和执行者，韩侂胄找不到替罪的羔羊，他终止了和谈，气急败坏地准备筹划接下来的军事行动。

然而，偏安派没有给韩侂胄再次兴兵的机会，开禧三年（1207

年），上朝途中的韩侂胄被劫持到皇家花园玉津园中，命殒当场。

一代权相的被杀，代表着主战派势力的荡然无存。从此以后，"北伐"二字再无人提起，属于主战派的政治生存空间彻底消失。

闻听宋廷派出使者带着韩侂胄的首级赶赴金国议和后，八十三岁高龄的陆游一病不起，从此缠绵病榻。

宋宁宗嘉定二年（1209 年），陆游这颗巨星陨落，享年八十五岁。

临终之时，陆游留下了那首著名的绝笔诗《示儿》。

死去元知万事空，但悲不见九州同。

王师北定中原日，家祭无忘告乃翁。

历史长河浩浩荡荡，这艘名为"宋"的大船几经波折，航行至嘉定二年这一年时，已经千疮百孔、行将就木。

九泉之下的陆游没有等来"王师北定中原日"的好消息，在他辞世后的第二十五年，金国灭亡；辞世后的第七十年，南宋灭亡。历史翻过了两宋三百年的旧篇章，一个幅员辽阔的新王朝在战火余烬中建立起来。

范成大

词气慷慨的"南宋苏武"
却写出了绝美的田园诗

金熙宗皇统二年（1142 年），也就是南宋绍兴十二年，南宋都城临安张灯结彩，宋高宗赵构率领文武百官，隆重迎接经过四个多月长途跋涉、北狩归来的父母、妻子——不过活着回来的，只有赵构生母显仁皇后韦氏，父亲宋徽宗赵佶、宋徽宗皇后郑氏以及赵构发妻邢氏早已客死金国，跟着韦氏一起回来的，是他们的梓官。

金人能同意送回韦氏和三具梓官，赵构是付出了巨大代价的。《绍兴和议》是在抗金战场形势一片大好、宋军能战而不战的背景下宋廷主动达成的丧权辱国的条约。为了达成《绍兴和议》，南宋割地、赔款自然不在话下，但最丧心病狂的，是赵构答应了金国统帅金兀术（完颜宗弼）"必杀岳飞，而后和可成也"的要求。善于体察圣意的秦桧以一句"事体莫须有"，便让一代名将冤死狱中。

从宋钦宗靖康二年（1127 年）起，到宋高宗绍兴十二年（1142 年）止，赵构已经有十五年没有见过生母韦氏了。为了庆祝太后无虞归朝，欣喜若狂的赵构下令朝野上下都要敬献赋颂。在眼花缭乱的赋颂中，一个名为范成大的书生所写的文章最得圣心。

这一年，范成大年仅十七岁，一鸣惊人的表现注定了他未来的仕途不可限量。

如今人们提起靖康之变时，脑海里虽然会出现"耻辱""北宋灭亡"等字眼，但对于这四个字背后所承载的痛苦，是无法做到感同身受的。

宋钦宗靖康元年闰十一月丙辰日（1126 年 1 月 9 日），两度被围的北宋都城汴梁终于城破，包括宋徽宗、宋钦宗及后宫亲眷在内的皇亲贵胄被俘北上，不久前还高高在上的天家血脉尽数沦为阶下之囚。为了给尊者遮羞，宋人对此事件美其名曰"北狩"。

金人"南下擒龙"可谓收获满满，据《宋俘记》记载，城破之时，金人共俘虏近两万人，在金人挑挑拣拣、俘虏或逃或死之后，仍能留下一万四千余名有价值的宋人。

除此以外，北宋一百多年积累下的国库内帑、奇珍异宝也被金人搜刮殆尽，以至于北还时，金人不得不分批押送俘虏和战利品。第一批被押往北方的宗室贵戚中，男丁就有两千两百余人，妇女则有三千四百余人。

陈寅恪先生曾言："华夏民族之文化，历数千载之演进，造极于赵宋之世。"随着靖康之变的爆发，承载了北宋百余年风流的东京汴梁化为废墟，中国历史迎来了第三次南迁高峰。

之所以要交代清楚时代背景，是因为本文的主角范成大就出生在这一剧烈动荡的历史节点，但生于宋钦宗靖康元年（1126 年）的范成大还是很幸运的，因为他的出生地是平江府吴县（今江苏省苏州市），不是被金人蹂躏的北方。

范成大出生不到半年，汴梁城破，宋室南渡，在扛过金人搜山检海式的追击后，乱中即位的宋高宗赵构终于惊魂稍定，在临安府建立了南宋。

虽然之后宋金之间依然兵戈相见，但江南之地已经基本趋于稳定，在此成长的范成大沿着寻常士子的发展路径专心苦读，备战科考。

范成大的出身并不显赫，父亲范雩虽然是宋徽宗宣和六年（1124年）的进士，但直到致仕，也只混到了八品秘书郎的位置，根本无法在仕途上给儿子提供助力。

范雩去世的那一年，范成大十八岁，母亲蔡氏早在四年前便已辞世，范成大不得不承担起养家的重任。为了更好地照顾弟妹，他只得暂时放弃科举，勉力经营单薄的家业，竭力帮助两位妹妹出嫁。

为了不辜负父亲生前的期许，在父亲好友王彦光的劝勉下，范成大重拾科举的梦想，在禅寺苦读十载，终于在宋高宗绍兴二十四年（1154年）进士及第，跻身南宋庙堂。

不过，初出茅庐的范成大仕途并不顺利，在长达十四年的时间里，他只能在一些微末职位上打转，距离可以面圣、殿前奏对的高位还差得远。就在范成大官场蛰伏的这段时间，南宋朝廷的政治局势正在悄然发生变化。

出于对其毫无下限地对金媾和行为的嘲讽，后人让赵构喜提"完颜构"等绰号。尽管这个南宋开国皇帝"超长待机"，活到了八十一岁，但据说因为长期精神高度紧张，他丧失了生育能力，唯一的儿子三岁夭亡后，赵构的后宫嫔妃们再无所出。储位空悬乃国家大忌，在无数次尝试无果后，无奈的赵构不得已从宋太祖这一系中挑选后裔入嗣，这就是后来的宋孝宗赵昚。

宋朝自"烛影斧声"这一千古之谜后，皇位传承便从宋太祖赵匡胤一脉转入宋太宗赵光义一脉，至此已过去一百多年。宋孝宗赵昚是宋太祖赵匡胤的七世孙，绍兴三十二年（1162 年）金主完颜亮南侵失败后，五十五岁的赵构于当年爽快地将皇位禅让给养子赵昚，宋朝的皇位传承再度回到太祖一脉。

宋孝宗赵昚是一个很有想法的皇帝，早在还是太子时，不想苟安的他就已经在构思北伐，企图克定北地、光复故土了。在继承大统后的第二个月，赵昚下令为岳飞平反，同时全面启用主战派，准备发兵北上，一雪前耻。后世有不少好事者据此调侃："宋太祖一脉多出尚勇热血之辈，宋太宗一脉则尽出偏安守成之徒。"

客观来讲，宋孝宗乾纲独断发动的隆兴北伐并不成功，从初期的所向披靡到后来的节节败退，这场军事行动没有在现实层面上获得任何好处，故土最终未能光复，因为初期收复的领土在随后的议和中又吐了回去；但在政治层面上，南宋挽回了些许颜面。

按照《绍兴和议》的约定，金国与南宋的关系是君臣关系；隆兴北伐之后，两国改为叔侄关系。此外，南宋每年要向金国纳贡银二十五万两、绢二十五万匹；隆兴北伐之后，带有侮辱意味的"岁贡"

改称"岁币",南宋每年交给金国的银和绢也各减少了五万。

宋孝宗对这个结果很不满意,他不顾太上皇赵构和朝中主和派的反对,仍然对北伐抱有极大的期望,并开始着意拔擢底层有才干的官员,给朝廷注入新鲜血液。

在这样的时代背景下,范成大走入了宋孝宗的视野里。宋孝宗乾道四年(1168年),刚刚被起复的范成大获得了面圣的机会,本就胸怀韬略的他抓住这一宝贵时机,在宋孝宗面前痛陈"论力之所及者三",尖锐地指出南宋的"日力、国力、民力"都被消耗在无关紧要的事项上。

原来底层还有如此人才,宋孝宗收获了意外之喜,被帝国最高统治者嘉许的范成大从此走上了仕途的快车道。

从乾道四年到乾道六年的三年时间里,范成大完成了从外任到内官的华丽转变,虽然官职品轶上还停留在从六品上的起居舍人,但实际已经成为宋孝宗的"自己人"。

在领导面前干活的人进步最快,古往今来皆是如此,因为领导总是会给机会让你进步。很快,范成大迎来了自己的仕途拐点。

需要补充一句的是,领导可以给机会,但能不能把握住,就看个人能力了。

宋孝宗对于隆兴北伐达成的和谈结果很不满意,因为最重要的两个目的没有达到。

一是皇陵问题。北宋国祚一百六十七年，共经历九位皇帝，除了徽、钦二帝之外，其他七位皇帝的陵寝，以及宋太祖赵匡胤的父亲赵弘殷的陵墓，共有"七帝八陵"，此时都处于金国的掌控范围内。

二是礼节问题。具体来说，是南宋皇帝面对金国使者的"受书礼"问题。按照《绍兴和议》的约定，宋金乃君臣关系，南宋皇帝在金国使者进献国书时，应当起身迎接，这是下国君主面对上国使臣的礼节。这一点，宋高宗赵构可以忍——或者说，可以躲，但血气方刚的宋孝宗忍不了。

在隆庆北伐后两国议和时，宋孝宗忘了对受书礼进行修正，于是在乾道六年，宋孝宗写了一封向金国索求诸帝陵寝之地的国书，准备派遣使者赴金递交。

国书好写，使者难寻。在和宰相虞允文商议后，有两个人进入国使人选名单——李焘和范成大。

李焘很慌张，因为他知道这是一个希望渺茫的任务，用脚趾想想也知道金国是不可能还的。难度更大的是，宋孝宗国书中只提到陵寝问题，但在国书之外，他还要求使者必须找准机会，和金国皇帝讨论受书礼问题。

这不是在开玩笑吗？

面对虞允文的询问，李焘回答得很干脆："陛下提的要求，金国肯定不会答应，金国不答应的话，我肯定会以死相争，那我其实就是被相公您给逼死的。"

一口大锅结结实实地扣在了虞允文的头上，尴尬的宰相只能将目光投向范成大。

弱国无外交，更何况弱国使者居然还要向强国国君提出如此"无理"的两个要求。但出乎所有人意料的是，范成大从容接过任务，然后整装出使金国。

连宋孝宗本人都动容了，他问道："满朝官员都不敢出使金国，卿为何不怕？"

范成大的回答和怕死的李焘一样干脆："臣已经交代完后事，此次出使金国，已经作好回不来的准备了。"

宋孝宗听后，既尴尬又感动，他赶忙安慰范成大道："朕不败盟发兵，何至害卿！啮雪餐毡或有之，不欲明言，恐负卿耳！"意思是：朕是不会毁约发兵害卿的，但这一路上啮雪餐毡之类的艰辛恐怕是难免的，之所以没有说明白，是怕有负于卿呀！

范成大听出了皇帝之言的深意：宋孝宗自己也知道这是一个很凶险的任务，即便不被杀，也很可能会像汉朝苏武被扣于匈奴那般被扣于金国很多年。尽管如此，范成大这位"南宋版苏武"还是义无反顾地踏上了征程。

五

外交战场的博弈，难度丝毫不逊于沙场鏖战。面见金主的范成大在递交国书之时，突然从怀中掏出《重议受书礼》的奏疏，语气慷慨、不卑不亢道："既然宋金两国不再是君臣关系，而是叔侄关系，那么受书礼也请改改吧！"

回过神来的金世宗完颜雍勃然大怒——小小宋使居然敢殿前失

仪，妄谈其他。金国太子更是动了杀心，若不是有人劝说，只怕范成大就要魂断北国了。

金国宣徽使韩钢大怒："按照礼制，如果你有什么国书之外的请求，应当通过伴使转达。此处难道是献这种书信的地方吗？！从来没有使臣敢这么放肆！"

范成大沉稳答道："如果这封书信不能交给贵国，外臣回去也是死罪，那宁可死于此殿！"

金世宗厉声道："叫他拜完就走！"

韩钢上前用手中的朝笏力压范成大下拜，范成大用力保持着躬身递上书信的姿势："此奏得达，当下殿百拜！"

愤怒的金国群臣一拥而上，用笏板击打范成大，想迫使他放弃，但范成大挺直腰板纹丝不动。金世宗不得已才宣诏："让他回驿馆，等着交给伴使吧。"

至此，范成大意气昂昂地下殿而去。

散朝以后，范成大回到驿馆，等待金国方面的消息。负责守卫的金国小吏对他很是钦佩，悄声透信道："听说朝廷上有很多大臣议论，要把您扣留下来呢！"范成大想起临行前宋孝宗对自己说的那番话，提笔写下了《使金七十二绝句》的最末一首《会同馆》。

万里孤臣致命秋，此身何止一沤浮！

提携汉节同生死，休问羝羊解乳不？

这首七绝中用到了苏武的典故。当年苏武代表汉廷出使匈奴，匈奴将其扣下，发配到北海苦寒之地牧羊，并讥讽道："只有等到公羊产奶的那一天，你才能恢复自由。"

范成大以苏武自比，更慨然道："不要说什么公羊产奶才能放我回去，我已准备好与所持的节杖同生共死！"

天地英雄气，千秋尚凛然。有臣属如此，宋廷虽然偏安一隅，却依然能绵延国祚百载，也就不足为奇了。

滞留金国的那段时间，范成大一行人特意前往昔日的北宋都城汴梁，所见所闻让他泪眼婆娑。昔年的皇家园林只剩下断壁残垣、萋萋荒草，曾经的大内禁宫也尽数化为废墟。更让范成大感伤不已的是，汴梁城中的百姓乡音未改，心中依然尊奉大宋为主，时时期盼着北伐大军的到来。

只不过，汴梁城的繁华早已梦碎，任谁也无法再造山河了。

范成大没时间沉浸在故国之殇中，为了尽可能地让宋人了解金国都城，他一丝不苟地记录起金国都城的建筑形制、人情风貌，这些珍贵的情报被范成大详细写在一本名为《揽辔录》的书中，成为宋朝人了解敌人、后世人解构汴梁和金中都的重要史料。

等到金世宗派伴使来会同馆宣旨时，范成大继续下跪进献书信。这下搞得金国朝廷一片哗然，太子完颜允恭主张杀掉这个倔强的宋使，越王完颜允功则极力阻止。

韩钢告诉范成大："先生今早在殿上的举动，很是忠诚勤恳，我主在背后甚为赞叹，认为您堪为贵我两国臣子之表率。"

最终，范成大以弱国使者的身份出使强国，全节而归，连金人也暗自钦佩。

此次出使金国，范成大也不是全无收获。虽然金世宗没有答应归还北宋"七帝八陵"的所在地，却答应南宋可以派人来迁陵，同时归还宋钦宗梓官。此外，金世宗提到范成大"想更改受书的礼仪，要挟我方必须听从"，宋孝宗这才知道范成大在金国的忠义之举。

六年后，还没有死心的宋孝宗又派司谏汤邦彦出使金国，继续要求归还"七帝八陵"之地。这次金廷在进殿的道路两旁安插满了长刀出鞘的武士，汤邦彦被利刃的寒光吓得心胆俱裂，见到金世宗时只是唯唯诺诺，一句话也没敢提，归国后就因有辱使命而被流放岭南。

两相对比，更显范成大的气节和忠勇。

归宋后，范成大迅速获得晋升，虽然偶因弹劾而稍稍受挫，但基本处于上升状态，总之拿的是治世能臣的人生剧本。

从宋孝宗乾道六年（1170年）到宋孝宗淳熙十年（1183年），十三年的宦海沉浮，范成大的足迹遍及南宋疆域，宋孝宗对此赞道："南至桂广，北使幽燕，西入巴蜀，东薄邓海，可谓贤劳。"一路走来，范成大看过无数风景，每到一处便造福一方，百姓无不爱戴赞服。

领略过幽蓟的孤高豪迈，范成大于此孤身犯险，对峙金廷，不卑不亢；见证过两广的瑰丽奇绝，范成大于此重订政策，规范盐税，造福百姓；体味过巴蜀的丰饶锦绣，范成大于此纵横捭阖，弹压蕃族，拔擢人杰；感受过东南的温婉，范成大于此鞠躬尽瘁，赈济饥民，平定内乱……

历史的指针转到宋孝宗淳熙十年，此时范成大已经五十八岁。这一年，饱受风眩之痛的他数次请求致仕，但均被宋孝宗挽留。不仅如此，宋孝宗还不断给范成大加官晋爵，直到范成大去世的前一年，还加封其为正三品资政殿大学士。十年前就想致仕回乡的范成大，直到死都未能如愿。

　　在生命最后的十年里，范成大基本处于半致仕的恩养状态，这是他一生中最富贵悠游的十年，也是他诗情迸发的十年，入选小学语文课本的《四时田园杂兴》便创作于这一时期。

　　谁能想到这位孤身赴金廷、险些刀斧加身却依然无畏的"南宋版苏武"，居然能写出"梅子金黄杏子肥，麦花雪白菜花稀"这样充满田园气息的小诗。

　　宋孝宗绍熙四年（1193年），范成大病逝于家中，享年六十八岁，之后累赠少师、崇国公，谥号文穆。

　　《宋史》给予了这位全节纯臣应有的评价："俱有古大臣风烈，孔子所谓'岁寒，然后知松柏之后凋'者欤？"

　　岁寒，然后知松柏之后凋也——范文穆公无愧乎此。

杨万里

除了辛弃疾，泱泱两宋三百年
他应该是最"刚"的词人了

宋宁宗开禧二年（1206 年），年逾八十的杨万里缠绵病榻，早已远离庙堂、久居江湖的他，此时仍然心系临安的朝堂。

彼时的南宋早已风雨飘摇，一代权相韩侂胄只手遮天，雄心勃勃地开始了作死的北伐计划。眼见千疮百孔的江山即将再遭兵灾茶毒，病入膏肓的杨万里写下了人生中的最后一封奏折："韩侂胄奸臣，专权无上，动兵残民，谋危社稷，吾头颅如许，报国无路，唯有孤愤！"

一生孤勇的杨万里直到生命最后一刻，仍想用自己几近力竭的声音喊醒那些久居庙堂、不懂民间疾苦的云端之人。写完这封奏折之后，杨万里溘然长逝。翌年，辛弃疾也病故于铅山（位于今江西省上饶市），死前犹在高呼"杀贼！杀贼"。

有人说，有宋一代，辛弃疾无疑是词人中最有"古惑仔"气质的；但很少有人知道，除了辛弃疾，泱泱两宋三百年，杨万里应该算是最"刚"的词人了。

很多人对于杨万里的认识，只停留在"小荷才露尖尖角，早有蜻蜓立上头""接天莲叶无穷碧，映日荷花别样红"这两个名句上，但小清新的诗风背后，是杨万里一身孤勇、无愧家国的一生。

靖康之耻爆发的那一年，杨万里出生在吉州（今江西省吉安市）的一户穷苦人家。他的童年很不幸，家境贫寒又自幼丧母。万幸的是，杨万里有一个对他视如己出的继母和一个饱读诗书的父亲。勤学好问的杨万里在父亲杨芾的熏陶下，对满屋的藏书产生了浓厚兴趣。

家无长物却堆满书籍的陋室、饱受清寒却能专心读书的童年，多年以后，杨万里回忆起儿时时光，写下了诗作《夜雨》，童年生活的心酸苦楚可见一斑。

> 忆年十四五，读书松下斋。
>
> 寒夜耿难晓，孤吟悄无侪。
>
> 虫语一灯寂，鬼啼万山哀。
>
> 雨声正如此，壮心滴不灰。

即便时光染白了头发，曾经的少年郎变成了老朽，杨万里年少时的济世壮志也未曾减分毫。

父亲杨芾见儿子天赋异禀，为了能让这块璞玉变得更完美，他散尽家中本就所剩无几的财产，为儿子延请名师，当时大名鼎鼎的诗词大师王庭珪、张九成、胡铨等人都是杨万里的恩师。

无问贵贱，只与豪杰交往——这是杨芾教给儿子的第一个人生道理。

宋高宗绍兴二十四年（1154 年），二十七岁的杨万里进士及第，他没有辜负父亲的期望，终于入仕为官，赢得了"兼济天下"的机会。

值得一提的是，绍兴二十四年的科举人才济济。榜上有名的，除了杨万里外，还有陆游、范成大、虞允文、张孝祥等，真可谓群星闪耀。冥冥之中，历史将这些才子俊杰安排在同时期出现，似乎意在给死气沉沉的南宋添些生机。

绍兴二十四年的南宋朝廷主昏臣奸，主战派的有识之士随着岳飞的被害而尽数遭到打压；和金国签完《绍兴和议》后的宋高宗赵构，开始了高枕无忧的偏安生活。

怀有报国赤忱的杨万里进入这样的朝廷，就好像一滴清澈的水掉入滚油一般，锅里顿时一片沸腾与嘈杂。但一滴水注定对抗不了一锅油，怀才不遇是杨万里逃脱不了的宿命。

一身愤懑意难平的杨万里，在父亲的指引下，拜见了不少因主战而遭贬谪的有识之士。爱国和热血的灵魂总是相通的，每一个见过杨万里的爱国名士都被眼前这个年轻人所折服。

绍兴二十九年（1159 年），杨万里遇到了一生中最重要的两位贵人——胡铨和张浚。在奸相贾似道把持下的庙堂，不会有胡铨和张浚的立足之地。

在旁人眼中，胡铨和张浚是得罪权贵、谪居在野的瘟神，避之唯恐不及；但在杨万里眼中，他们是挽狂澜于既倒的盖世英雄。

不顾旁人异样的眼光，杨万里三次登门拜访张浚，两人畅谈后，张浚盛赞杨万里为人中龙凤，还以"正心诚意"四字勉励后进。得到偶像认可的杨万里以此四字作为人生的座右铭，又将自己的书斋改名为"诚斋"，还请胡铨写了一篇《诚斋记》。

以杨万里这样高调支持主战派的行事作风，在宋高宗一朝是不可能有所作为的。但随着宋高宗赵构的退位和宋孝宗赵昚的即位，被打压许久的主战派终于可以扬眉吐气了。

宋孝宗乾道三年（1167年），杨万里拜见同期进士、时任宰相的虞允文，满腹经纶的他献上了自己筹谋良久的策论《千虑策》，其中阐述了一整套振兴国家的方针政策，从为君治国，到选贤任能，再到兵法谋略，最后到民政民生，洋洋洒洒三十篇，让虞允文惊呼："东南乃有此人物！某初除，合荐两人，当以此人为首！"

在虞允文眼中，杨万里乃当世第一的人物。得到宰相的青眼，杨万里终于得以进入权力中心。在旁人看来，杨万里这个人很奇怪，明明已到不惑之年的他，仍然像个刚入仕的毛头小子般不通人情世故，更不在意权贵，只知道凭一腔热血做自己认为于国于民有利的事情。

杨万里很"刚"，这一点从两件小事就可以看出来。

乾道七年（1171年），大臣张栻之为公事得罪宰相虞允文，遭到排挤，杨万里不顾虞允文的知遇之恩，上书为张栻之辩白，晓以大义，毫无偏私。

宋孝宗淳熙十五年（1188年），杨万里力争名相张浚应该配享太庙，并当众怒怼翰林学士洪迈独断专行、指鹿为马。"指鹿为马"这四个字惹怒了宋孝宗，一句"万里以朕为何如主"，将杨万里贬黜。即便如此，杨万里仍然毫不退让、据理力争。都说"文死谏，武死战"，杨万里就是典型的"文死谏"。

不迎合君王、不攀附权贵，是杨万里一生不受重用的原因。但无论是居庙堂之高，还是处江湖之远，这位心如赤子、不改初衷的老刺头时刻不忘为官的初心。

淳熙元年（1174年），杨万里远调漳州（今福建省漳州市），临行劝诫宋孝宗"戒贪吏、施廉吏"；

淳熙八年（1181年），杨万里任广东提点刑狱，带兵镇压盗贼沈师之乱，造福一方；

淳熙十二年（1185年），杨万里任吏部郎中，举荐六十余名有识之士，为南宋输送了一大批优秀人才，这其中就包括朱熹。

尽管为国为民、心无杂陈，但于黑暗而言，光是有原罪的，杨万里注定无法一直活跃在南宋朝廷里。宋光宗绍熙二年（1191年），六十五岁的杨万里上书力阻朝廷的劳民伤财之举，得罪权臣而遭受人生中的最后一次贬黜，回到了老家吉州。

在人生最后的十余年里，杨万里回到了那个生养他的地方，回到了堆满藏书的旧宅里。他还是很清贫，即便在官员待遇极高的宋朝，他仍然身无余财。他甘于清寒，骨子里读书人的傲气让他更愿意过"清得门如水，贫惟带有金"的生活。

开禧二年，年逾八十的杨万里终于熬不住了，韩侂胄仓促北伐的消息成为压垮他的最后一根稻草。这具老迈的身体里仅存的生机在一瞬间爆发出来，从那双浑浊的老眼中喷射出来的愤恨也让人为之一震。

头颅如许，报国无门，唯有孤愤！

杨万里所上的最后一封奏折，既是他的无奈，也是他即便"一生襟抱未曾开"，也要拼死进言的拳拳爱国之心。

辛弃疾

文能提笔写爆款，武能上马闯敌阵
我是无可复制的传说

宋高宗绍兴三十一年（1161 年）十一月二十七日，在采石矶之战惨败的金主完颜亮陷入了彻底的癫狂，他对部将发出了"次日强渡长江，违者军法处置"的最后通牒，同时也成功地给自己发出了一道催命符。

是夜，将官哗变，完颜亮还未来得及反抗便死于部下之手。完颜亮的死对于长时间患有"恐金症"的南宋朝廷来说，无疑是一剂强心针。

前有采石矶大战的以弱胜强，后有金国皇帝饮恨被杀，处于沦陷故土上的南宋旧民们看到了回归的希望，于是中原大地上出现了不少以光复故土为目标的起义军。其中最值得一提的，莫过于在山东起兵的耿京起义军。

这里提耿京，并非因为他有多少传奇故事要讲，而是因为在他的部将中出了一位传奇人物——辛弃疾。

如今绝大多数人对于辛弃疾的刻板印象，似乎只是"写出《破阵子·为陈同甫赋壮词以寄之》的南宋豪放派词人"，但事实上，辛弃疾不仅是一位能提笔写下震撼人心诗词的文士，更是一位武艺高超、能于万军之中取上将首级的顶级将才。

翻开《宋史·辛弃疾传》就会发现，这是一位基本不走文人路线的文人，因为在史书中看到的关于他的内容，满眼都是金戈铁马。有人说，两宋三百年，辛弃疾是文人中最能打的、武将中最会写的。翻开辛弃疾的人生故事，我们会发现此言不虚。

宋高宗绍兴十年（1140年），辛弃疾出生于山东。此时的山东已经沦陷金人之手，对于偏安"淮水—大散关"以南的南宋来说，山东之地是望而不得的故土。

辛弃疾成长于"沦陷区"，自幼就对远方的故国怀着热爱，并以光复故土为终身追求。靖康之耻后，不少北方百姓跟随南宋皇室迁入江南，但辛氏一族因为人口众多，作为族长的辛赞（辛弃疾的祖父）不得不留在山东，后来他更是为了生计而选择入金国为官。

正常情况下，这种"受伪职"的行为是要被秋后算账的，比如那位在安史之乱中不得已受伪职的大诗人王维，就差点丢了性命，但辛赞是典型的"身在金营心在宋"。幼年时的辛弃疾经常随祖父"登高望远，指画山河"。辛赞的言传身教，让小辛弃疾早早就体会到江山沦入外族之手的耻辱，"思投衅而起，以纾君父所不共戴天之愤"决心油然而生。

爱国光有热血是不够的，家学渊博的辛弃疾自幼就受到良好的教育。这位被后世尊为"词中之龙"的词坛大家，与其他词坛巨星组成了一个个令后世赞叹的组合。比如，他作为南宋豪放派当之无愧的第一人，与数十年前就神隐归天的北宋豪放派第一人苏轼合称为"苏辛"；与祖籍同为山东的李清照并称为"二安"（辛弃疾字幼安，李清照号易安居士）。

光是靠着如此惊世绝艳的才华，就足以名留青史了，但辛弃疾说："我的传说，还远远不止于此！"

沦陷故土上的起义活动一时间风起云涌，辛弃疾也按捺不住内心的热血，加入耿京起义军，开始了自己绚烂却失意的军伍生涯。

辛弃疾是天生的领导者，满腹才华赋予了他远超常人的气场。在他的劝说下，越来越多人选择加入起义军，耿京起义军迅速扩张至数十万人之众。

此时的辛弃疾不过是个二十岁出头的年轻人，他以为所有人都和自己一样，有着矢志不渝的报国之心，但接下来发生的两件事就让他深刻明白了一个道理——利益会颠覆人心。

第一件事发生在辛弃疾刚加入起义军的时候，那时的他靠着人格魅力征服了一个名叫义端的起义军小头目，但辛弃疾没想到的是，这个昨天还信誓旦旦地说要一起杀敌报国的好兄弟，转眼就成了偷走起义军大印、投奔金国的叛徒。

老大哥耿京很愤怒，起义初期就丢了大印，这不仅是一件很不吉利的事情，而且会对整个起义军士气造成毁灭性的打击。盛怒之下，耿京恨不能砍了负责看守大印的辛弃疾。面对困局，辛弃疾只说了一句："丐我三日期，不获，就死未晚！"

"给我三天时间，找不回大印，再杀我不迟！"

义端以为自己逃得神不知鬼不觉，却不知辛弃疾精准估出了他的路线。当义端看到神兵天降般出现在自己面前的辛弃疾时，吓得惊慌失措，下跪求饶，并献出了生前最后一个彩虹屁："您是青犀本命，求您不要杀我！"而辛弃疾手起刀落，不仅带回了大印，还给耿京献上了叛徒的人头。

这是辛弃疾的第一次亮相，耿京没有想到这位平日里看上去文绉绉的年轻人居然这么强悍，他更没有想到的是，这个年轻人会在日后孤军犯险，为自己报了血海深仇。

耿京的声势很大，在金人率主力进攻两淮地区的关键时刻，耿京起义军已经将金人的大后方搅得天翻地覆，甚至一度攻陷山东东平（今山东省泰安市东平县），颇有燎原之势。

作为直接参与机密事务的军中掌书记，辛弃疾深知，如果不与南宋朝廷取得联系，形成里应外合之势，等金人回过神来的时候，眼前看似大好的局面就会瞬间倾覆。于是在绍兴三十二年（1162年）正月，辛弃疾奉命南下，有生以来第一次踏上他朝思暮想的故土，并见到了宋高宗赵构。

赵构年轻时也曾血气方刚。金人在靖康元年攻汴梁时，久攻不下，便提出撤军条件，除了割地赔款外，还要求将亲王和宰相送到金营为质。史载赵构"慷慨请行"，前往金人营帐中为质。作为副使的少宰张邦昌流着眼泪同赴金营，赵构见状，平静而坦然地说道："此男子事，相公不可如此。"在金营中，赵构与金朝皇族一起射箭，竟"三矢一连中"，金人由此怀疑他是"将家子弟"，而非生长于深宫之中的皇子。

但此时的赵构已经彻底失去了他的血性，陷于临安城的纸醉金迷中无法自拔。和光复故土相比，他个人的安稳才是最重要的。

但辛弃疾并不知道赵构的心思，他以为皇帝陛下同样夙兴夜寐地盼望光复失地，不然为何要将节度使的印信赐予起义军呢？

就在辛弃疾兴冲冲地返回山东、行至半途时，他接到了噩耗：老大哥耿京身首异处，昔日的好兄弟张安国卖友投敌。

前一个是义端，后一个是张安国。这一刻，辛弃疾彻底怒了。

万军之中取上将首级，这是小说演义里的桥段，也是真实发生在二十三岁的辛弃疾身上的故事。就在叛徒张安国与金人把酒言欢、畅想未来的荣华富贵时，营帐外一阵人马喧嚣，还未等他回过神来，一个熟悉的身影便出现在他的面前。

"辛弃疾……"

众人瞠目结舌，张安国还没来得及说完话，就被辛弃疾生擒到马上。一阵冲杀后，辛弃疾在五万金兵中带着张安国摆脱敌人的追击，急驰而归。

直到四十多年后的宋宁宗开禧元年（1205年），已经六十六岁的辛弃疾在壮志难酬的悲愤之下，写下了流传千古的《永遇乐·京口北固亭怀古》，其中那句"想当年，金戈铁马，气吞万里如虎"，是辛弃疾对于宋武帝刘裕的凭吊，也是他个人的写照。

"金戈铁马"是辛弃疾刻在骨子里的基因，只是因为他的词工太过惊艳，所以后世人只记得他的才华，却忘了他的一身武功。

一个矢志不渝的主战派，在一个一力主和的朝廷里为官，这难解的矛盾从一开始就注定了辛弃疾的人生失意。

南宋不是没出过有雄心的帝王，比如那位"卓然为南渡诸帝之称首"的宋孝宗赵昚，但在经历了隆兴北伐的失败后，赵昚也陷入了战和不定的犹豫中，并最终变成一个勤于内政、不再轻言北伐的守成之主。

在主和派眼中，辛弃疾还有一个特殊身份——归正人。归正人指的是从北方沦陷区南下投奔之人，这是南宋对于这类特殊群体的蔑称。

从宋孝宗时期开始，在南宋的政治生态里，归正人大多受到猜忌与冷落，朝廷不给予他们实权官职，多委以虚职来安抚人心。纵观辛弃疾的仕途，这位能文能武的全才人物最高只做到了从四品龙图阁待制，辛弃疾内心的苦闷也就可想而知了。

从二十三岁踏入南宋庙堂起，到五十九岁被授予主管冲祐观一职止，辛弃疾本可大有作为的四十年光阴，都在各种各样的虚职中度过了。

起起落落之间，辛弃疾从最开始的踌躇满志，到后来的黯然神伤；从最开始那个敢说"不恨古人吾不见，恨古人不见吾狂耳"的壮士，到后来感慨"日月如磨蚁，万事且浮休，君看檐外江水，滚滚自东流"的老朽；从梦想着"了却君王天下事，赢得生前身后名"的赤子，到后来了悟"钟鼎山林都是梦，人间宠辱休惊"的隐士……做梦都在想"沙场秋点兵"的辛弃疾，终于变成了他年轻时最讨厌的样子，并心有不甘地老去。

辛弃疾不是没有试过归隐，他曾在上饶两度建宅，也耐着性子写过"七八个星天外，两三点雨山前"这样田园闲适的诗词，更想过"便此地、结吾庐，待学渊明，更手种、门前五柳"，只求归隐山林，独善其身。

但辛弃疾毕竟是辛弃疾，他总是不甘心的。他不甘心神州陆沉，只要有任何一丝机会可以推动北伐大业，纵然是苍颜白发，也愿意马革裹尸。

四

宋宁宗嘉泰三年（1203 年），赋闲在家的辛弃疾最后一次看到了朝廷的新气象：在主战派宰相韩侂胄的推动下，岳飞被追封为鄂王；作为主和派的代表人物，秦桧则被削去王爵，谥号也改为了极具羞辱意味的"谬丑"。除此以外，韩侂胄还盖棺定论般给了秦桧一段制词："一日纵敌，遂贻数世之忧。百年为墟，谁任诸人之责？"

崇岳贬秦是韩侂胄的政治造势，所有的准备都是为了接下来的开禧北伐。作为当时主战派的中坚力量，辛弃疾被火速调往朝廷，他依然如年轻时那般充满斗志，在宋宁宗面前慷慨陈词，并精准地给出了金国早已外强中干、亡国只在朝夕的预判。

辛弃疾还是那个一腔热血的辛弃疾，南宋朝廷也依然是那个患了"软骨病"的朝廷。调任辛弃疾只是一个政治态度，并非韩党核心人物的他只是一个工具而已，等到用完的时候，便被调去镇江府，从此再也无缘北伐之事。

人生最后的几年，辛弃疾亲历了开禧北伐的惨败，看到了南宋再次向金卑躬屈膝的样子。越来越多的不平等条约让百姓苦不堪言；只会弄权、毫无实才的韩侂胄也招来了更多人的质疑，主战派的政治空间被压缩到可以忽略不计，一心求苟活的主和派再次成为南宋政坛的主导。

心灰意冷的辛弃疾收起了自己所有的雄心壮志，他不愿再接受任何官职，在一次次的请辞中，任凭时间带走他的生机。和仕途失意相比，无法看到故土收复才是辛弃疾一生的痛。

宋宁宗开禧三年（1207年）九月初十，六十八岁的辛弃疾病故。临终时，他用最后一口气喊出了"杀贼！杀贼"四个字。

在辛弃疾死后的第五十三天，时任宰相的韩侂胄被暗杀于皇城玉津园，其头颅被送往金国，以做外交安抚；南宋增加岁币三十万，赔款白银三百万两。

至此，朝政尽归奸相史弥远之手，而这艘名为"宋"的大船也以无人可阻的速度冲向了历史的漩涡中，再难回头。

姜夔

终生未仕的布衣全才
他的一生，是两宋底层文人的纪实史诗

宋宁宗嘉定十四年（1221年），六十八岁的姜夔在饥寒交迫中病逝。这位南宋末年首屈一指的大词人以如此惨淡的结局收场，让时人感慨良多。终生布衣、漂泊江湖、穷困潦倒，用这三个词来总结姜夔的一生，恰如其分。

身处大厦将倾的王朝末年，既非豪门后裔，又没有功名在身，姜夔一生的困顿可以想见。不过奇怪的是，终生生活于社会底层的姜夔，诗词的格调却尽是阳春白雪，众多达官显贵都极为热捧姜词的清空高洁。宋代词学的创作风格趋向"清空"，但审美理想趋向"骚雅"，在姜夔笔下，二者才绾结起来。后世将以姜夔为代表的一些南宋词人合称为"骚雅派"，这是继辛弃疾之后所形成的又一个词派。

自从柳永将词变雅为俗以来，词坛一直处于雅俗并存的状态。无论是苏轼、辛弃疾，还是周邦彦、秦观，都既有雅调，也有俗词。这里所说的"俗"，并非"庸俗"，而是"通俗"。柳永之后的宋词不再只是文人骚客、名流显贵的文字游戏，变得更加贴近世俗生活。姜夔则彻底反俗为雅，下字运意都力求淳雅，这迎合了南宋后期士大夫、雅士们弃俗尚雅的审美情趣，因而姜词被奉为雅词的典范。

姜夔是那个时代的偶像，上至位极人臣的范成大，下至秦楼楚馆

的歌妓，每个人都因为赞赏姜夔的才华而愿意拉他一把，让这位身无分文、靠卖字为生的穷酸书生得以在漂泊中没有饿死街头。

但靠人接济的生活永远无法长久，当那些赏识他才华的人因为种种原因无法再提供帮助的时候，姜夔便重新沦落回赤贫的状态。这样的窘迫在姜夔的人生中多次上演，更令他在饱尝世态炎凉后落寞辞世，连身后事都是靠朋友接济才勉强办完的。

就是这样一位被称为继苏轼之后琴棋书画、诗词歌赋无所不通的艺术全才，用自己寒微漂泊的一生，为后世展现了两宋底层文人的生活真相。

和两宋那些声名赫赫的词家相比，姜夔的名声并不算大，现在不少人可能连他名中的"夔"字都读不出来。除了那首极难背诵却又被定为"中学生必背诗词"之一的《扬州慢·淮左名都》之外，大多数人对于姜夔就再无其他印象了。

但这并不是姜夔的落寞，而是我们的遗憾。

出生于宋高宗绍兴二十四年（1154 年）的姜夔，虽说出身官宦之家，但最高官职只做到汉阳知县的父亲姜噩也只是短暂庇护了小姜夔几年而已。姜噩是绍兴十八年（1148 年）的进士，在姜夔初通人事没多久时便卒于汉阳知县的任上，幼年丧父的姜夔只能在亲戚家寄人篱下。这种没有父亲庇护、终日看人脸色过活的日子，令姜夔的性格愈发敏感。

和绝大多数读书人一样，一朝中第也是姜夔的人生目标，所以从有资格参加科举起，姜夔便一直奋战于考场之上，熬尽十年光阴，只为扬名翰墨场。但十年间的四次科考均以失败告终，这让自负才华卓绝的姜夔陷入了长久的自我怀疑，他不愿意再困于家乡饶州，开始了持续大半生的羁旅。从孑然一身离开饶州的那一刻起，姜夔便和故乡渐行渐远，再也没有回去过。

　　平心而论，姜夔不缺贵人相助，这些贵人中也不乏官至参知政事的当朝权贵。他们要么暂时解决了姜夔的生计问题，要么解决了姜夔的终身大事，要么让姜夔名扬天下，但姜夔始终在功名上毫无进展，终此一生都像是一个清客，靠着主人家的供养过活，日常生活就是吟风弄月、填词作赋，写出一首首被后世称为"词极精妙"的佳作，以此来赢得主人家的认可。

　　姜夔遇到的第一位贵人叫萧德藻。元代著名诗论家方回认为，如果萧德藻不是早早故去的话，其名气、成就不在杨万里之下。

　　姜夔遇到萧德藻时，刚好是而立之年。看着眼前这位失意的年轻人，萧德藻除了惊羡于他的才华横溢，便是对其寓居江湖、无依无靠的心疼。在那之后，萧德藻一直将姜夔带在身边，不仅将侄女许配给他，还照顾他的起居，四处漂泊的姜夔终于有了稳定的生活。

　　于姜夔而言，萧德藻是一位引路的长者，他引导着在江湖里漂泊的姜夔重回正路，让他不再像个浪子，并有机会结交词坛前辈，逐渐被世人所熟知。可以说，萧德藻是姜夔的再造恩人，这份雪中送炭的恩情，令姜夔铭记了一生。

一段时间里，姜夔如同侍奉父亲般留在萧德藻身边，随侍左右。宋孝宗淳熙十四年（1187 年），姜夔跟随要去湖州赴任的萧德藻途经杭州时，遇到了杨万里，这位写下了"接天莲叶无穷碧，映日荷花别样红"的文坛前辈在看到姜夔的诗词后惊为天人，因为姜夔"为文无所不工"，笔下的每一篇诗词都将用典和音韵发挥到了极致，细细品来，字字匠心独运、句句耐人寻味。

杨万里对姜夔也很上心，他给当过参知政事的范成大写信举荐姜夔这位奇才。范成大是什么人？为官，他是南宋政坛的核心人物，门生故吏遍天下；为文，他是南宋"中兴四大诗人"之一，妥妥的文坛顶流。范成大盛赞姜夔的诗词里尽是魏晋人物的神采风流，这样的评价，已经称得上是无以复加了。

"提携后进"是佳话美谈，多少出身贫寒的沧海遗珠都是靠着大人物的提携一朝名扬四海、迈入仕途的。但偏偏这样的"定律"在姜夔身上失效了，纵然是有萧德藻、杨万里、范成大这样的前辈作背书，他还是一副功名无望的老样子，靠着他人的供养过活，活得战战兢兢。

在湖州依附萧德藻的时光，是姜夔生命里少有的安稳生活，衣食无忧，还能四处悠游，从苏杭到江淮，大宋秀美的山川给了姜夔无尽的创作灵感。在他存世不多的作品中，写于这段时光的诗词占了不小的比例。

更值得一提的是，出现在这段时光里的几位红颜知己，给了姜夔弥足珍贵的温柔。宋光宗绍熙元年（1190 年），姜夔游历江淮，在客居庐州赤阑桥畔时遇到了自己的红颜知己——柳氏姐妹。

兵荒马乱的末世，囊中羞涩的才子邂逅沦落风尘的姐妹，善词善乐的姜夔为善歌善琴的柳氏姐妹谱写了大量的乐章，传为一时佳话。这段"金风玉露一相逢，便胜却人间无数"的爱情，给当时惶惶不可终日的百姓带来了少有的精神慰藉，让人们在听曲喝茶的时候还可以安慰自己：现在还是那个太平风流的世道。

但迫于生计，姜夔不得不游食四方，无法与柳氏姐妹长相厮守。他曾在江上行舟时夜梦柳氏女，梦醒后怅然若失。虽与红颜知己天各一方，但姜夔的脑海中深深印刻着她们娇美的容颜，于是他提笔写下了名篇《踏莎行·燕燕轻盈》。

燕燕轻盈，莺莺娇软，分明又向华胥见。夜长争得薄情知？春初早被相思染。

别后书辞，别时针线，离魂暗逐郎行远。淮南皓月冷千山，冥冥归去无人管。

爱情，越是没有未来，才越显得浪漫。伴随着蒙古铁骑的肆虐，赤阑桥断，柳氏姐妹也消失于战火中。有人说她们逃往了异乡，也有人说她们为爱殉节。无论是哪种结局，姜夔和柳氏女已成诀别。

从绍熙元年到绍熙三年（1192 年），姜夔不仅邂逅了柳氏姐妹，还在拜访归隐苏州的范成大时，认识了名为小红的范家歌姬。

以今天的道德标准来评判，姜夔无疑是个渣男，绍熙二年还在追忆不知何往的柳氏女，绍熙三年就被精通音律的小红迷得神魂颠倒，兴之所至写下了"自作新词韵最娇，小红低唱我吹箫"的名句。

但男权社会给了姜夔这样的自由，他可以在娶妻之后堂而皇之地另觅红颜知己，还被传为美谈。如果可以就此一生，姜夔的人生还算不得凄惨，毕竟乱世之中还能软玉温香在怀，已经羡煞旁人了。

细细想来，姜夔的诗词大多是阳春白雪，虽然距离百姓太远，但在仕宦阶层中很吃得开，再加上姜夔的人格魅力，他甚至一度混得很好，即便这样的境遇是完全依附于他人才获得的。

在萧德藻等人的引荐下，姜夔频繁出入达官显贵之家，并在绍熙四年（1193 年）认识了自己的"真爱粉"——张鉴。

张鉴出身钟鸣鼎食之家，祖上是赫赫有名的南宋"中兴四将"之一的张俊。到了张鉴这一代，子孙们虽然不再沙场建功，但几代积累下来的财富足够张氏子孙笑对人生了。

当富贵的粉丝遇到贫寒的偶像，可就不是"直播间里狂刷嘉年华"这么简单了。崇拜姜夔崇拜到极致的张鉴得知偶像数度科考却一无所获后，居然作出要为他买官的疯狂举动。但姜夔毕竟是姜夔，清高了一辈子的他拒绝了张鉴的厚爱，他与张鉴之间的交往只关雅兴，除了填词作曲，再无其他。

张鉴是继萧德藻之后对姜夔帮助最大的人。随着萧德藻被侄儿接走奉养，失去依靠的姜夔便搬去杭州，投靠了张鉴。"十年相处，情甚骨肉"这八个字是姜夔对两人友情的总结。

姜夔很不幸，因为他花了一生的时间都没能取得半点功名；但姜夔也很幸运，因为他靠着自己的才华，前前后后获得了很多人的帮助与提携。一直寄人篱下的姜夔从来没有放弃过科举，他依然孜孜不倦地准备着，梦想有朝一日"春风得意马蹄疾，一日看尽长安花"。

宋宁宗庆元三年（1197年）是姜夔距离科举登榜最近的一年。彼时，南宋朝廷正向民间大力征集礼乐经典，以弥补靖康之乱后宫廷乐典的缺失。乐理天才姜夔适时地献上了《大乐议》《琴瑟古今谈》，并于两年后献上了《圣宋铙歌鼓吹曲》十二章。

乐典很棒，皇帝很高兴，龙颜大悦的结果就是已经四十五岁的姜夔得到了破格去礼部参加进士考试的机会。那一刻，姜夔的内心一定是充满希望的，毕竟有御笔钦点，他怎么看都不会落榜。

但让人万万没想到的是，姜夔又落榜了。

这一次落榜，给姜夔造成的打击太过巨大，自此，他彻底绝了科考的念头。而令他更加绝望的是，几年后，张鉴病逝，身如浮萍的他再次失去了依靠。

仕途无望后的第三年，挚友离世；挚友离世后的第二年，杭州城的一场大火烧毁了数千房屋，姜夔的房产、藏书和仅有的积蓄都在这场大火中被付之一炬。

写到这里，我已经无法再继续下去了。一个身无分文的老人，该何去何从呢？没有人知道姜夔人生最后的十余年是怎么熬过来的，这位词中翘楚终日被生计所累，这对于他的才华来说，是另一种意义上的羞辱。

嘉定十四年，六十八岁的姜夔终于在贫病交迫中离开人世，所留财物连自己的身后事都无法办妥，多亏朋友的捐资，这位大才子才勉强得以安葬在钱塘门外的西马塍，这也是他晚年居住了十多年的地方。

后人都说宋朝读书人的地位很高，却不知如姜夔这样的底层读书人依然过得很惨。

这不只是姜夔一个人的故事，而是两宋底层文人的人生纪实。

蒋捷

时隔近三十年的两场雨
是他的人生注脚，也是大宋王朝的挽歌

宋度宗咸淳十年（1274年），在临安偏安一百四十八年的南宋已经到了油尽灯枯的地步。那个曾经不可一世、灭亡北宋的金国早已归尘整整四十年，但南宋并未因此得以高枕无忧，因为它迎来了一个让欧亚大陆为之俯首的敌人——蒙古。

做末世的皇帝很难，做末世的臣子同样一言难尽。就在距离南宋灭亡仅剩五年的咸淳十年，苦读二十余年的蒋捷终于在自己三十岁时金榜题名。

但蒋捷并没有等来朝廷授予的官职，他甚至还没得及进入临安，这座曾侥幸逃过金人围攻、得以延续一百五十余年繁华的南宋都城便被蒙古人攻破。宋恭帝德祐二年（1276年）正月初五，不满六岁的宋恭帝赵㬎在群臣的带领下上表称臣，被元世祖忽必烈降位为瀛国公。自此，南宋名存实亡。

蒋捷呢？这位一生都未当过宋臣的底层士子，用自己接下来的人生捍卫了南宋的国格。而那两场被他用诗词记录下来的雨，中间隔了近三十年，既是他凄苦人生的注脚，也是这位忠贞宋人写给两宋三百年的挽歌。

蒋捷未曾做过南宋的官员，所以《宋史》中并没有留下关于他的只言片语，再加上当时南宋正处于国之将亡的至暗时刻，所以后人甚至无法知晓这位宋末大词人的生卒年。

隔着八百多年的风霜雨雪，当我们的思绪穿越回那个多灾多难的宋末乱世，对于为什么蒋捷笔下的诗词总是凄风苦雨这个问题，便有了答案。

对于像蒋捷这样矢志成为中兴之臣的南宋士子来说，临安城破之日，便是他们的心死之时。蒋捷一生都在颠沛流离：前半生是为了求得大宋的功名而奔波，后半生是为了逃避元朝硬塞给他的功名而流浪。

从宋恭帝德祐二年临安城破之日起，到约元成宗大德五年（1301年）止，蒋捷漂泊了近三十年。明明还是熟悉的山川江湖，但他每到一处都觉得自己仿佛置身异国他乡。于是，一场延绵了近三十年的雨在蒋捷的内心深处淅淅沥沥地下起来。

君王蒙难，国破家亡，大批南宋遗民开始漫无目的地流浪，蒋捷也在乘舟四处漂泊的途中，于吴江上开始了内心的那场凄雨。

小船行到吴江，立在船头的蒋捷不知自己该何去何从，前三十年的努力都付诸流水，他曾在无数个日日夜夜里誓死要效忠的赵宋已经名存实亡，只剩下陆秀夫、文天祥等人还在坚持以游击战抗击蒙古。

家国剧变之下，蒋捷变得茫然不知所措，纵然吴江两岸到处是酒家，目光所及到处是美景，他的内心也只剩下凄风苦雨，传世之作《一剪梅・舟过吴江》就是在这样的心境下诞生的。

> 一片春愁待酒浇。江上舟摇，楼上帘招。秋娘渡与泰娘桥，
> 风又飘飘，雨又萧萧。
>
> 何日归家洗客袍？银字笙调，心字香烧。流光容易把人抛，
> 红了樱桃，绿了芭蕉。

这首词最为后世津津乐道的，是最后一句"流光容易把人抛，红了樱桃，绿了芭蕉"。蒋捷无心眼前的美景，无法像普通人那样在改变了国祚的新朝中继续生活。焦灼着他内心的，除了浓浓的思乡之情，便是对时如逝水的惶恐不安。

确实是时如逝水，那个承载着三百年繁华的"天水一朝"已经故去，连它曾经的敌人——辽国和金国也湮没于时间的漩涡中。巨大的冲击让蒋捷无所适从，他只能靠着放逐心灵来获得一时的解脱。

对于蒋捷来说，德祐二年以后的时间显得分外难熬，一个又一个坏消息接踵而至，直到三年后崖山海战爆发，随着十余万军民投海殉国，关于南宋的故事就此收笔。但如蒋捷这样的南宋遗民，却还有很长的故事要说。

蒙古人一统天下后，发现自己对于这片广袤土地最有效的统治办法，就是沿用汉人王朝的那一套模式，于是宋朝那些才华斐然的士子便成了元廷努力拉拢的对象。在"拉拢名单"中，便有蒋捷的名字。

但动辄用屠城来震慑百姓的蒙古人不知道的是，在儒家思想熏陶下成长起来的有识之士都有一个人生准则——忠君爱国。我想忽必烈一定无法理解，为什么南宋已经亡国四年了，文天祥却仍然不愿归降、只求一死；同样，蒙古人也不会理解为什么蒋捷穷困潦倒，却对眼前唾手可得的荣华富贵坚辞不就。

《宋进士捷公传》记载道："元初遁迹不仕。大德间，宪使臧梦解、陆厚交章荐其才，卒不就，不臣二主。"

蒋捷有蒋捷的气节，他不仅不肯出仕，而且与寻常南宋旧人只敢含沙射影地宣泄不满不同的是，他的笔下，除了有怀念故国的感伤之语外，还有对国仇家恨最直接的表达。比如这首《沁园春·为老人书南堂壁》，通篇浸透了一位隐者的不屈，这不是凭空想象的文学作品，而是蒋捷人格的真实写照。

> 老子平生，辛勤几年，始有此庐。也学那陶潜，篱栽些菊，依他杜甫，园种些蔬。除了雕梁，肯容紫燕，谁管门前长者车。怪近日，把一庭明月，却借伊渠。
>
> 鬓边白发纷如。又何苦招宾约客欤。但夏榻宵眠，面风欹枕，冬檐昼短，背日观书。若有人寻，只教僮道，这屋主人今自居。休羡彼，有摇金宝辔，织翠华裾。

将最美好的年华尽数虚度，既是蒋捷的无奈，也是蒋捷的伟大。背井离乡的他当然想家，但为了那"渺小"又伟大的气节，他宁愿过着颠沛流离、无家无根的生活。日渐年迈的蒋捷将亡国的痛与恨收入心底，一腔才华都用来为渔民谱写渔歌，他的另一篇佳作《少年游·枫林红透晚烟青》就展现了暮年蒋捷的心境。

枫林红透晚烟青，客思满鸥汀。二十年来，无家种竹，犹借竹为名。

春风未了秋风到，老去万缘轻。只把平生，闲吟闲咏，谱作棹歌声。

除了"流光容易把人抛，红了樱桃，绿了芭蕉"之外，蒋捷最被后人所熟知的便是《虞美人·听雨》。和近三十年前逃难经过吴江时所作的《一剪梅·舟过吴江》一样，又一场异乡的雨，勾出了暮年蒋捷的无边思绪。

少年听雨歌楼上，红烛昏罗帐。壮年听雨客舟中，江阔云低，断雁叫西风。

而今听雨僧庐下，鬓已星星也。悲欢离合总无情，一任阶前，点滴到天明。

年少的自己鲜衣怒马、风流不羁，每每醉酒倚在雕梁画栋的阁楼之上，耳畔是淅淅沥沥的细雨声，眼前是婀娜娉婷的少女。那时的自己意气风发，喝着最烈的酒，搂着最美的姑娘，做着最美的梦，金榜题名近在眼前。

而后山河蒙难，家国倾覆，蒙古人的铁蹄踏碎了临安府的百年繁华。时代的一粒灰，落在个人头上，就是一座山。本已高中进士、即将迈入仕途的自己不得已成为流民中的一员，在浑浑噩噩中漫无目的地逃向远方。同样是淅淅沥沥的雨，但中年的自己只能坐在吴江上的孤舟中听雨，飘零似江中落叶。故国已经沦陷，故乡如梦不可归……

当历史的车轮碾压过来时，任谁也无法阻挡。如今又是二三十年的光景逝去，"天水一朝"的故事早已成为旧谈，名为"元"的新朝早已开篇，一切都在向前继续开进，唯独蒋捷这样的南宋遗民被远远甩在了时代的后面——又或者说，他们甘愿留在临安的旧梦里。

已经垂垂老矣的蒋捷仍在为南宋守节，他寄居于破旧的僧庐中，听着淅淅沥沥的雨滴落在屋檐与地面上，彻夜难眠的他一直守着这场雨，直到夜尽天明。

"悲欢离合总无情，一任阶前点滴到天明"听上去很麻木，但其实是蒋捷积累数十年的无可奈何于沉默中的爆发：于自身而言，他始终居无定所、漂泊无依；于国家而言，他除了做一个"不事二主"的布衣外，再无可为故国所做的事了……

有人说，这首《虞美人·听雨》是宋词的压轴之作；也有人说，这既是蒋捷的人生纪实，也是他对故国的缅怀，更是他为两宋三百年写下的挽歌。

那个他奉为正朔的王朝虽然早已故去，但这场雨却在蒋捷的心头缠绵了大半生，直到他离开这个世界才停歇……

文天祥

孔日成仁、孟日取义

他的就义，为两宋三百年画上了句号

距离南宋灭亡已经过去四年，那个终结五代十国乱世、孕育鼎盛文治与诗画风流的造极之世，早已湮灭于崖山海战的滚滚浪涛中。

此时，元大都的百姓眼含热泪，目送一位前宋旧臣赴死，他的名字叫文天祥。

对于这位声震寰宇的南宋宰相，攻城略地时动辄屠城的蒙古人表现出了少有的耐心，上至元世祖忽必烈，下至元朝诸多大臣，都来劝文天祥放下对前朝的忠诚。王朝更迭本是常事，事已至此，不如将一身才华报效新朝。但已被囚困元大都三年之久的文天祥依然拒绝元世祖忽必烈的高官厚禄，他无话可说，但求一死。

自被俘后，文天祥一直等待就义的这一刻。虽然国破山河在，但他心中的人间早已改换了模样。此刻，他的内心无比平静，慨然自若，宋朝士大夫的气节在他的身上得以淋漓尽致地展现。

临刑前，文天祥向监斩官问出了人生最后一个问题——南方在哪里。那里是他回不去的故国，也是他为之奉献一切、牺牲一切、虽九死其犹未悔的信念所在。即便故国已亡，文天祥还是用自己的生命捍卫了大宋最后的尊严。

宋少帝祥兴二年二月初六（1279年3月19日），崖山海战，南宋战败，十万军民投海殉国，宋朝灭亡。元世祖至正十九年十二月初九（1282年1月9日），南宋丞相文天祥慷慨赴死，两宋三百余年的故事至此画上了句号。

南宋学者王炎午在《望祭文丞相文》一文中这样写道："名相烈士，合为一传，三千年间，人不两见。"王炎午称赞文天祥是三千年间少有的人物并不夸张，这位状元出身的宰辅大相公不但容貌出众，而且才华横溢，纵然出师未捷，也足以"留取丹心照汗青"。

出生于宋理宗端平三年（1236年）的文天祥诞生于"山河破碎风飘絮"的前夕。端平元年（1234年），宋蒙联军攻入蔡州城（今河南省驻马店市汝南县），曾让宋朝蒙受靖康之耻的金国宣告灭亡。但这个曾经欺辱自己数十载的敌人一旦消失，就意味着孱弱的南宋不得不独自面对如疾风般横扫欧亚大陆的蒙古铁蹄。与此同时，宋理宗推动的端平更化未能成功，南宋失去了最后一线生机。

出生于内忧外患之际的文天祥是远近闻名的美少年，《宋史·文天祥传》中用一句"体貌丰伟，美皙如玉，秀眉而长目，顾盼烨然"，给八百年后的我们描绘了这位英雄的堂堂仪容。但俊美只是文天祥身上最不值一提的长处，那时还名为文云孙的他，在少年时就展现出了寻常孩童所没有的壮志。

文云孙小朋友在玩耍时，看到附近学官中祭祀的先贤人物，如欧阳修、杨邦乂、胡铨等，谥号中都有一个"忠"字，钦慕不已，小小孩童竟感慨道："若不能成为其中一员，便不可称为大丈夫也！"也就是在此时，一颗名为"忠"的种子萌生于小文云孙的心底，并生根发芽，直至成为为南宋遮风挡雨的擎天巨木。

年幼的文云孙不会想到，后来的自己与陆秀夫、张世杰并称"宋末三杰"，成为彪炳千古的抗元名臣。

据说文天祥出生时，他的祖父梦到一个小孩乘紫云而下，就给婴儿起名为云孙，字天祥；中了贡生^①后，才改名为天祥，另取字为履善。

文天祥不是只会空谈的读书人，博闻强识、天资聪颖的他矢志勤学，志在挽狂澜于既倒、扶大厦之将倾。宋理宗宝祐四年（1256 年），年仅二十一岁的文天祥一路过关斩将，入围殿试。

南宋诸帝之中，只有宋孝宗赵昚还有收复旧土的雄心，其余皇帝基本都选择"躺平苟且"。宋理宗赵昀在权相史弥远死后终于亲政，初期也曾立志中兴，采取罢黜史党、亲擢台谏、澄清吏治、整顿财政等改革措施，史称"端平更化"，但这次改革的诸多措施流于表面，最终以失败告终。晚年的宋理宗沉溺于声色犬马之中，朝政尽数落入丁大全、贾似道等奸相之手，本就风雨飘摇的南宋在群奸乱舞中江河日下。

站在殿上的新科士子文天祥看着眼前那个慵懒的皇帝，一时间百感交集，便以"法天不息"为题写了一篇殿试策论，洋洋洒洒万余字，文不加点，一气呵成。

文天祥的策论，如同平地一声惊雷，宋理宗边御览边连连点头，读完后更像打了鸡血般表现出了少有的振奋。他翻到落款一看，这考生姓文，名天祥，不禁大喜："天之祥，乃宋之瑞也！"大悦之下，御

---

① 通过礼部会试的，被称为贡生。

笔一挥，钦点其为状元。皇帝金口玉言，文天祥自此改字为"宋瑞"。

宋理宗钦点文天祥为状元后，转而又继续纸醉金迷去了。他不知道的是，自己只是随口一言，但这位新科状元却用余生的所有来报答他的知遇之恩。

王朝更迭的宿命，任谁也无法阻止。如文天祥这样的人物，若生在王朝伊始，定能成就一番丰功伟绩；生于王朝末期，他便注定会以极其悲壮的方式青史留名。

纵观科举诞生后的王朝史，状元出身又能青史留名的人物寥寥无几。唐朝有贺知章、王维等诗家翘楚，宋朝的此等人物，最著名的莫过于文天祥。

一举夺魁后，文天祥在帝国的落日中踏上了艰险的仕途。都说"国之将亡，必生妖孽"，进入庙堂之前，文天祥对于朝局的黑暗只有模糊的认识，待他真的置身其中时，那些龌龊与污秽赤裸裸地暴露在他的面前。

宋理宗在作死的道路上越走越远，老赵家动辄议和、投降、南逃的"软骨病"传统也在他的身上发扬光大。宋理宗开庆元年（1259 年），蒙古大汗蒙哥联合忽必烈、大将兀良合台兵分三路，直取南宋疆土。蒙古大军的浩大声势让沉迷于温柔乡里的宋理宗不情不愿地睁开了眼，蒙古铁骑行军速度之快，令这个只知逸乐的昏君措手不及，大宦官董宋臣连忙贴心地为主子献上解决办法——迁都。

"打不过，我们就跑。"

不得不说，董宋臣很懂宋理宗的心思。而朝堂上，忠臣零落，奸臣当道，满朝文武竟无一人敢开口提出反对意见。

除了文天祥。

无人敢对迁都提反对意见的原因有两个：一是大家都知道迁都是宋理宗的心中所想，只不过懂事的董宋臣替主子说出来了；二是董宋臣不是普通的宦官，这是一个深得皇帝宠信的大奸，当众唱他的反调，不是明哲保身之道。

但文天祥站出来了，他不仅反对迁都，还请宋理宗杀了董宋臣，以正人心。

《宋史·文天祥传》记载道："天祥时入为宁海军节度判官，上书'乞斩宋臣，以一人心'。不报，即自免归。"

"乞斩宋臣，以一人心"，说出这句话的时候，文天祥还是一个初入仕途的政治小白，他的理想和热血支持着他做出了寻常官员不敢做的事情，但很快他就尝到了苦头。虽然碍于他的状元头衔，董宋臣没有当即下死手，但遭到奸臣排挤的文天祥还是自请免职，黯然离去。

从自请归乡，到重回官场成为刑部郎官，这之间的曲折复杂，史书并未详说。按常理来说，吃过苦头的文天祥再度面对董宋臣时，一定会三缄其口，但不改初心的他再次对步步高升的董宋臣发起了进攻，历数其多条大罪，可惜依然未得到朝廷的任何回应。

奸佞实在太多了，董宋臣这个奸佞未除，贾似道又跳出来作妖。忠直如文天祥，又如何能心平气和地在这群龌龊小人手下为官？当然，贾似道也忍受不了文天祥这根芒刺扎在自己的背上，于是文天祥很快就以白衣之身被放归故里。一次次被贬的遭遇足以证明，此时的南宋朝廷已经无药可救了。

从二十一岁状元及第，到三十七岁白衣归乡，文天祥就算从此心灰意冷归隐而去、再不问世事，也无可厚非。"我以碧血荐国朝，奈何国朝薄于我"，这是普通人的心路历程；"我以碧血荐国朝，死生荣辱全不论"，这是文天祥的初心，也是文天祥一生的写照。

宋度宗咸淳九年（1273 年），苦守襄阳城六年之久的吕文焕没有等来救兵，终于在城破之际，开城投降蒙古。随着吕文焕的投降、襄阳的失守，南宋再无翻盘的可能。

真实的历史不是《射雕英雄传》，襄阳城没有郭靖、黄蓉镇守，吕文焕也不是贪生怕死之辈，他扼守襄阳六年之久，与不可一世的蒙古大军打得有来有回，打到最后，"撤屋为薪，缉麻为衣"，但直到弹尽粮绝之时，他也没能等来援兵。

"每一巡城，南望恸哭"是吕文焕投降前的心境。当他对昏君奸臣彻底绝望之时，筑于他心中的防线彻底崩塌了。

吕文焕的投降，对于南宋来说，是一场前所未有的地震，而忽必烈重用吕文焕之举，也让越来越多的南宋官员开始为自己的后路作打算。

宋恭帝德祐元年（1275 年），蒙古大军以降将吕文焕为先锋大将，沿长江水道一路东进，所到之处如入无人之境，因为长江防线上的宋军将士多为吕氏旧部，所以吕文焕遇到的抵抗几乎可以忽略不计。元军行军速度之快，远远超出了宋廷的意料。

黄州（今湖北省黄冈市）、蕲州（今湖北省黄冈市蕲春县）、江州（包括今江西省大部、湖北省东南部）三城不到半月的时间望风而降，被马可·波罗称为"世界上最美丽华贵之天城"的临安危如累卵。

危急存亡之际，宋廷居然派出了贾似道来统领最后的主力，于丁家洲（位于今安徽省铜陵市北）阻截元军。比这更让人无奈的是，宋军将帅各怀鬼胎，刚一交战，弃阵投降者不计其数，一百一十四年前采石矶大战的奇迹没能重演。

丁家洲大战以宋军主力全军覆没而告终，南宋就此进入灭亡倒计时，无兵可用的宋廷发出了全国紧急动员令。

在接到"诏天下兵马勤王救驾"的诏令后，身处赣州（今江西省赣州市）的文天祥泪如雨下，他散尽家财招募兵士，率领刚刚组建的义军马不停蹄地赶往临安。曾有朋友劝文天祥不要做无谓的牺牲，这样临时拼凑起来的部队如何抵得过所向披靡的蒙古大军呢？

文天祥给出了自己的回答。

"我当然知道自己是白送性命，但如果有忠志之士在看到我以身殉国的行为后，能纷纷响应勤王的话，那江山社稷或许还有挽救的余地。"

我要特别展现《宋史·文天祥传》中的这段对话的原文。

其友止之，曰："今大兵三道鼓行，破郊畿，薄内地，君以乌合万余赴之，是何异驱群羊而搏猛虎？"

天祥曰："吾亦知其然也。第国家养育臣庶三百余年，一旦有急，征天下兵，无一人一骑入关者，吾深恨于此，故不自量力，而以身徇之，庶天下忠臣义士将有闻风而起者。义胜者谋立，人众者功济，如此则社稷犹可保也。"

"知不可为而为之"，从踏入仕途的那一刻起，文天祥便将这七个字刻在了骨血里，随时准备赴死的他成了宋末义军最后的精神支柱。

（四）

此时的南宋朝廷，比之先前贾似道把持朝局时更加混乱，因为灭国已是时间问题，堂下诸公各怀鬼胎，每个人都在谋划自己的未来，最具代表性的莫过于身居相位的留梦炎，同样是状元出身的他，在亡国之际所表现出来的行为实在令人不齿。

宋恭帝德祐二年（1276 年），担任右丞相兼枢密使、总督天下兵马的留梦炎被蒙古人的攻势吓得魂不附体，先是装病不出，又在蒙古人兵锁临安时临阵脱逃。比这更恶劣的是，当年九月，留梦炎居然以南宋丞相的身份投降元朝，如此行径，让本就举步维艰的抗元事业更是雪上加霜。

坏消息接二连三地传来，不是全军覆没，就是举城投降。宋军节节败退，一路退往福建，正在广东前线的文天祥像是救火队长般一边收编残兵，一边继续对抗兵锋所向无往不胜的元军。

宋端宗景炎三年（1278 年），宋军之中瘟疫横行，山穷水尽的文天祥在这场瘟疫中失去了母亲和唯一的儿子；就在几个月前，他的妻妾、女儿也落入元军之手。孤身一人的他被驻军所在地的盗贼出卖，落入元人手中，属于文天祥的战场从此转到了囚牢之中。

文天祥被俘的消息很快传遍天下，元人知道文天祥对于宋人的意义，所以对他备加礼遇，希望他能像之前苦守襄阳六年的吕文焕一样投降大元。文天祥面对功名利禄的诱惑、面对妻女故旧的劝告，仍然心如磐石、只求速死。

万般无奈之下，元人将文天祥押往元大都，途经零丁洋（位于今广东省珠江口）时，元人多次索要投降书，于是文天祥写下了那首为古今忠志之士道尽心声的《过零丁洋》，最后那句"人生自古谁无死？留取丹心照汗青"更是成了后世忠臣慷慨赴国难的共同遗言。

宋少帝祥兴二年，身陷囹圄的文天祥得知陆秀夫背着小皇帝殉社稷后，已经无主可以效忠的他，面对元世祖忽必烈的再三劝降，仍然坚定地摇了摇头。只要接受忽必烈的劝降，相位唾手可得，荣华富贵享用不尽，但文天祥的人生选择里没有这个"只要"，既为宋臣，当为宋死，这是他能为那个逝去的王朝做的最后一件事。

元世祖至正十九年十二月初九日，文天祥于元大都慨然赴死。

临刑前，监斩官问他："丞相还有什么话要说？回奏还能免死。"

文天祥喝道："死就死，还有什么可说的！"他又问监斩官："哪边是南方？"有人给他指了方向，文天祥向南方跪拜后，平静地说道："我的事情已了，心中无愧了！"

在南宋亡国四年后，文天祥用自己的碧血丹心为大宋续上了一篇壮烈的后记。

有人说文天祥很傻，如果他活着，以大元丞相的身份，还可以做更多造福百姓的事情，但其实这样的说法才是真的可笑——中华文明之所以五千年传承不息，正是因为在危亡之际，总有如文天祥这样的"傻人"，用他们的鲜血和头颅捍卫国家和民族的尊严。

孔曰成仁，孟曰取义，惟其义尽，所以仁至。

读圣贤书，所学何事？而今而后，庶几无愧！

这是文天祥的绝命诗，也是每一个炎黄子孙镌刻在骨血里的家国大义。

（五代）宋朝重要词人年表

冯延巳（903—960），字正中，五代十国时期南唐词人，仕于烈祖、中主二朝。对北宋初期的词人有较大影响。

李璟（916—961），字伯玉，南唐中主。词风清新，"小楼吹彻玉笙寒"是他所作的流芳千古的名句。

李煜（937—978），字重光，中主李璟第六子。南唐后主，世称"李后主"，是光耀千古的君主词人。降宋后最终被宋太宗所毒杀。

寇准（961—1023），字平仲。封莱国公，谥号"忠愍"，后世称"寇莱公""寇忠愍"。

林逋（967—1028），字君复，宋仁宗赐谥"和靖先生"。一生安守清贫，拒绝入仕。以梅为妻，以鹤为子，创造了"梅妻鹤子"的典故。

柳永（984—1053），原名三变，字景庄；后改名为永，字耆卿。因排行第七，又称"柳七"。曾任屯田员外郎，世称"柳屯田"。

范仲淹（989—1052），字希文，谥号"文正"，世称"范文正公"。《岳阳楼记》中"先天下之忧而忧，后天下之乐而乐"为千古名句。

张先（990—1078），字子野。曾任安陆县知县，人称"张安陆"，自称"张三影"。苏轼的忘年交。

晏殊（991—1055），字同叔，谥号"元献"，世称"晏元献"。与其子晏几道被分别称为"大晏""小晏"，与欧阳修并称"晏欧"。曾提携范仲淹、欧阳修、富弼、韩琦等。

宋祁（998—1061），字子京。有名句"红杏枝头春意闹"，世称"红杏尚书"。与欧阳修等人合修《新唐书》。

欧阳修（1007—1072），字永叔，号"醉翁""六一居士"。谥号"文忠"，世称"欧阳文忠公"。《新唐书》的主编之一，并独立完成《新五代史》。"唐宋八大家"之一。

苏洵（1009—1066），字明允，自号"老泉"。与其子苏轼、苏辙合称"三苏"。"唐宋八大家"之一。

司马光（1019—1086），字君实，号"迂叟"，谥号"文正"。因卒赠温国公，故世称"司马温公"。主持编纂了中国历史上第一部编年体通史《资治通鉴》。作为旧党领袖，是王安石的政敌。

王安石（1021—1086），字介甫，号"半山"。作为主张变法的新党领袖，是中国历史上著名的改革家。封荆国公，世称"王荆公"。"唐宋八大家"之一。

苏轼（1037—1101），字子瞻，号"东坡居士"，是宋代文学最高成就的代表。与其弟子黄庭坚并称"苏黄"，与辛弃疾并称"苏辛"，与欧阳修并称"欧苏"。"唐宋八大家"之一。也工于书法，为"宋四家"之一。

晏几道（1030—1106），字叔原，号"小山"。晏殊第七子。

苏辙（1039—1112），字子由，号"颍滨遗老"。与其兄苏轼被分别称为"大苏""小苏"。"唐宋八大家"之一。

黄庭坚（1045—1105），字鲁直，号"山谷道人"。与张耒、晁补之、秦观游学于苏轼门下，合称为"苏门四学士"。

秦观（1049—1100），字少游，世称"淮海居士"。被尊为婉约词的一代词宗。

贺铸（1052—1125），字方回，自号"庆湖遗老"。唐代诗人贺知章的后裔。因其貌丑，人称"贺鬼头"。有名句"梅子黄时雨"，人称"贺梅子"。与李之仪交好。

周邦彦（1056—1121），字美成，号"清真居士"。旧时词论称他为"词家之冠""词中老杜"。

李清照（1084—1155），号"易安居士"，有"千古第一才女"之称。其父李格非，为"苏门后四学士"之一。

岳飞（1103—1142），字鹏举，追谥"武穆"。抗金英雄。

陆游（1125—1210），字务观，号"放翁"。南宋著名文学家。作为史学家，著有《南唐书》。书法遒劲奔放，存世墨迹有《苦寒帖》等。与范成大、杨万里交好。

范成大（1126—1193），字至能，号"石湖居士"。绍兴二十四年进士。与陆游、杨万里、尤袤合称南宋"中兴四大诗人"。

杨万里（1127—1206），字廷秀，号"诚斋"。与虞允文、范成大、张孝祥同为绍兴二十四年进士。

朱熹（1130—1200），字元晦，号"晦庵"。谥号"文"，世称"朱文公"。是程颢、程颐三传弟子李侗的学生，与二程合称"程朱学派"。是唯一非孔子亲传弟子而享祀孔庙者，位列"大成殿十二哲者"。

朱淑真（约1135—约1180），号"幽栖居士"。有《断肠诗集》《断肠词》传世。

辛弃疾（1140—1207），字幼安，号"稼轩"，被称为"词中之龙"。与李清照并称"济南二安"。

姜夔（1154—1221），字尧章，号"白石道人"。朱熹、辛弃疾的好友。

文天祥（1236—1283），字宋瑞，一字履善，自号"文山""浮休道人"。抗元英雄，与陆秀夫、张世杰并称"宋末三杰"。

蒋捷（1245—1307），字胜欲，号"竹山"。有名句"流光容易把人抛，红了樱桃，绿了芭蕉"，时人称为"樱桃进士"。

宋朝历代皇帝年表

太祖 赵匡胤（927—976），陈桥兵变，黄袍加身，建立北宋。960—976年在位，共16年。终年50岁，死因存有争议。

太宗 赵光义（939—997），赵匡胤之弟。登基后改名为赵炅。976—997年在位，共21年。结束了五代十国的分裂割据局面，基本统一了中原地区，但两次攻辽均告败。病逝，终年59岁。

真宗 赵恒（968—1022），太宗第三子。997—1022年在位，共25年。与辽达成"澶渊之盟"；御制《劝学诗》。执政前期缔造了"咸平之治"，但后期沉溺于"天书降临""东封西祀"等迷信活动中，广建宫观，劳民伤财，致使举国骚然、社会矛盾加深。病逝，终年55岁。

仁宗 赵祯（1010—1063），真宗第六子，章献太后刘娥养子，生母为李妃。1022—1063年在位，共41年，是两宋在位时间最长的皇帝，缔造了"仁宗盛治"。病逝，终年54岁。

英宗 赵曙（1032—1067），濮王赵允让之子，过继给仁宗为嗣。1063—1067年在位，不到5年。曾向宰辅们提出裁救积弊的问题。英年早逝，终年36岁。

神宗 赵顼（1048—1085），英宗长子。1067—1085年在位，共18年。支持王安石推行变法，新旧党争由此开始。英年早逝，终年38岁。

哲宗 赵煦（1076—1100），神宗第六子。1085—1100年在位，共15年。在位初期，太皇太后高氏听政，废除王安石新法，任用司马光等旧党人士。亲政后，起用章惇、曾布等新党人士，贬斥旧党之人。新旧派系互相报复，党争加剧。英年早逝，终年25岁。

徽宗 赵佶（1082—1135），神宗第十一子。1100—1126年在位，共26年。著名的艺术家皇帝，在位期间，任用蔡京等奸臣，致使朝政腐败、民不聊生。在"靖康之变"中被金人俘获，宗室成员几乎全部被押解北上，北宋灭亡。被金太宗封为昏德公，度过9年屈辱不堪的俘虏生活后，病逝于五国城，终年54岁。

钦宗 赵桓（1100—1156），徽宗长子。金人南下攻宋，徽宗急忙禅位，赵桓被迫即位。在位仅1年2个月，即在"靖康之变"中被俘。被金太宗封为重昏侯，最后病死于五国城，终年57岁。

高宗 赵构（1107—1187），徽宗第九子。建立南宋，坚持偏安政策，因杀岳飞而留下历史污名。1127—1162年在位，共35年，后禅位成为太上皇。病逝，终年81岁。

孝宗 赵昚（1127—1194），太祖七世孙，被高宗收为嗣子。初名为赵伯琮，后改名为赵瑗。被认为是南宋最杰出的皇帝，缔造了"乾淳之治"。1162—1189 年在位，共 27 年，后禅位成为太上皇。病逝，终年 68 岁。

光宗 赵惇（1147—1200），孝宗第三子。体弱多病（可能患有精神疾病）、平庸懦弱，使得李后干政。与孝宗长期不和。在位仅 5 年，即被韩侂胄等人尊为太上皇。病逝，终年 54 岁。

宁宗 赵扩（1168—1224），光宗与李后次子。与金达成"嘉定和议"。1194—1224 年在位，共 30 年。晚年崇信道教，可能是吞丹致死，终年 57 岁。

理宗 赵昀（1205—1264），赵匡胤之子赵德昭九世孙，被宁宗收为嗣子。亲政初期缔造了"端平更化"；后期任用奸佞，沉湎酒色，联合蒙古灭金。1224—1264 年在位，共 40 年。病逝，终年 60 岁。

度宗 赵禥（1240—1274），荣王赵与芮之子，被理宗收为嗣子。国难当头之际，纵情声色，将军国大权交于奸臣贾似道。1264—1274 年在位，共 10 年。死于酒色过度，终年 35 岁。

恭帝 赵㬎（1271—1323），度宗次子，"宋末三帝"（宋恭帝赵㬎，宋端宗赵昰，宋末帝赵昺）之一。1276 年，太皇太后抱着不满 6 岁的他出城降蒙，后被送至大都。18 岁时，被元世祖忽必烈送入吐蕃为僧。因作怀念故国之诗，被元英宗赐死，终年 53 岁。

端宗 赵昰（1269—1278），度宗庶长子，恭宗之兄。不满 10 岁即夭折。

帝昺 赵昺（1272—1279），度宗幼子。崖山之败后，陆秀夫背着不满 8 岁的他跳海殉国，南宋灭亡。

* 本附录采用大致纪年，可能与不同资料有细微差别。